狂風霽月

광풍제월

만상조 新무협 판타지 소설

FANTASTIC ORIENTAL HEROES

광풍제월 1

만상조 新무협 판타지 소설

초판 1쇄 찍은 날 § 2015년 10월 16일
초판 1쇄 펴낸 날 § 2015년 10월 23일

지은이 § 만상조
펴낸이 § 서경석

편집책임 § 김현미

펴낸곳 § 도서출판 청어람
등록번호 § 제387-1999-000006호
등록일자 § 1999. 5. 31
어람번호 § 제2-2605호

주소 § 경기도 부천시 원미구 부일로 483번길 40 서경B/D 3F (우) 14640
전화 § 032-656-4452 팩스 § 032-656-4453
http://www.chungeoram.com
E-mail § chungeorambook@daum.net

ISBN 979-11-04-90463-9 04810
ISBN 979-11-04-90462-2 (세트)

광풍제월 1

만상조 新무협 판타지 소설

FANTASTIC ORIENTAL HEROES

도서출판 청어람

狂風霽月
광풍
제월

序

싸늘했다.

모든 것이 얼어버릴만큼 추운 날.

세상을 메우는 건 오로지 두 자루의 칼뿐이었다.

일검(一劍)에 산이 갈라진다.

굉음과 함께 산산조각이 난 바위들이 굴러 떨어졌다.

흔히들 아무리 가진 힘이 강하다 해도, 인간에겐 한계가 있다고들 말한다.

하지만 이들은 달랐다.

천붕지열(天崩地裂).

칼에 얻어맞은 땅은 견딜 수 없다는 듯 수십 갈래로 찢겨지며 허공으로 잔해를 솟구쳐 올렸고, 구름이 갈라져 흩어져 버릴 정도로 강렬한 충격이 펼쳐졌다.

"한계인가?"

사내는 그렇게 물었다.

그는 모든 것이 붕괴된 세상에서 오롯이 두 발로 땅을 딛고 서 있었다.

폐허가 되어버린 주변. 그러나 그는 아무렇지 않다는 듯 가만히 무릎을 꿇고 있는 이를 바라보고 있었다.

주변에는 수많은 시체가 널브러져 있다. 모두가 이 남자에게 덤볐다가 죽은 자였다.

마지막으로 남은 자는 바르르 떨리는 손을 필사적으로 감아쥐었다.

"그래도 역시 그대들이 가장 오래 버텼다."

그의 공격을 받은 자들 중 오로지 이들만이 다른 행동을 했었다.

지금 땅에 널려 있는 수많은 자처럼 절망하지 않았었다.

한 남자는 격렬한 분노를 토하며 그에게 덤벼들었었다.

다른 한 남자는 그 건방진 고개를 꺾어놓고 말겠다며 벌벌 떨리는 다리를 억지로 일으켰었다.

"왜 이런 일을 한 것인가."

무릎을 꿇은 이는 그렇게 중얼거릴 뿐이었다.

그 순간 사방으로 흰 기운이 퍼져 나간다.

무공(武功).

그들이 가진 힘은 이미 상식을 초월할 정도로 강했다. 그렇기에 서로가 가진 힘을 펼치는 순간 주변은 황폐해져 버린 것이다.

"대답하게!"

쩌렁쩌렁한 외침이 주변을 뒤덮었다.

기묘했다.

일어서지도 못하는 이는 불타는 듯한 눈으로 상대를 바라보고 있지만, 그를 압도한 이는 그저 평온하게 허공에 시선을 보내고 있을 뿐이었다.

"지금의 그대에게 알 자격은 없다."

검을 쥐었다.

비틀거리며 일어선 자는 온몸에서 흰 기운을 쏟아내기 시작했다.

눈이 내린다.

마치 두 사람의 싸움에 기상(氣象)이 변화한 것만 같았다. 점점이 허공에서 내리던 눈은 이윽고 서서히 굵어지며 몰아치기 시작했다.

"혁무원(赫撫源)!"

"나를 이름으로 부른 건 처음이군."

그는 싸늘한 눈으로 천천히 자신의 검을 들어 올렸다.

그 순간 선풍(旋風)이 몰아쳤다.

그가 싸울 마음을 먹은 순간, 세상은 그에 따라 변화하며 어마어마한 돌풍을 일으킨 것이다.

목도한 순간 싸울 의지마저 잃게 만들 법한 일이었다. 사람의 의지에 대기가 반응하고 있다. 그것도 마치 그에게 억눌린 양, 고통스레 몸부림치고 있는 것이다.

"자네가 하는 일은… 이 무림(武林)을 피바다로 만들걸세!"

"그것이 세상의 본질이지."

혁무원이란 자는 조용히 입을 벌렸다. 하얗게 뱉어져 나오는 자신의 숨을 애처롭게 바라보던 그는 이윽고 천천히 칼을 허공에 휘젓기 시작했다.

남자의 몸이 쏘아져 나간다.

두 자루의 칼이 서로 충돌하자, 지반이 흔들리며 쌓였던 눈들이 허공으로 치솟았다.

지반이 갈라지며 굉음이 들린다.

"그러니 지금의 그대는 나를 이길 수 없다."

섬광이 번득였다.

튕겨 나가는 검.

핏물이 하얀 눈밭 위를 물들인다.

마침내 휘청거리며 쓰러지는 자의 모습 뒤로 여러 명의 모습이 투영(投影)되었다.

쏴아아아아!

눈보라는 이제 시야를 방해할 정도로 몰아치기 시작했다.

쓰러진 자를 뒤로 하며 혁무원은 나직이 중얼거렸다.

"그러니 고대(苦待)하게."

차디찬 바닥에 쓰러진 자는 일어서기 위해 전력을 다했지만 결국 미끄러진다. 혁무원은 걸음소리를 남기며 서서히 멀어져

갈 뿐이다.

"답을 찾기를."

그것이 전부였다.

그리고 무림에서 일어난 시천월교(示天月敎)의 동란(動亂)이 결국 무림맹의 참혹한 패배로 아로새겨지며 종언을 맺는 순간이기도 했다.

*　　　　*　　　　*

천마일통(天魔一統)!

전 무림에 대한 시천월교(示天月敎)의 공격은 치열한 저항에도 불구하고 성공적으로 끝났다.

무림은 일찍이 자신들이 마교(魔敎)라 부르던 시천월교의 지배를 받아야만 했고 그 과정에서 수많은 무인이 죽음을 맞았다.

그 원인.

무림제일이자 천하제일인 한 사내가 있었기에 가능한 일이었다.

시천마(始天魔) 혁무원(赫撫源).

그의 무시무시한 무공 앞에 구대문파는 멸문했고 필사적으로 저항하던 절대고수들 역시 모조리 패배하고 말았다.

"그 작자는 존재하지 말았어야 했어. 너무나도 지독하게 강했지."

혁무원의 힘 앞에 모든 무림은 굴복했고, 그는 시천월교의 이름으로 무림일통을 달성한 뒤 홀연히 자취를 감췄다.

그 뒤 이십 년이 지났건만, 아직까지도 무림인들은 시천마의 두려움 앞에 쉽사리 움직이지 못하고 굴복한 채 월교의 지배를 받고 있을 뿐이었다.

"할아버지들도 강했다면서요?"

"야, 일인자가 있으면 그 밑의 이인자는 산더미같이 있는 법이야."

"기분이 더럽지만 동의할 수밖에 없군, 흘흘."

수많은 자가 도전했다.

무림제일의 이름, 천하제일을 얻기 위해 말이다.

그러나 패배만이 가득했다.

혁무원은 그들에게 단호히 말했다.

"언제라도 덤벼라. 기회를 주마."

오만한 말이지만 그에게는 그런 말을 할 만한 자격이 있었다.

화산파(華山派)의 일천매화(溢穿梅花)가 단 세 합에 양팔을 잃었고, 사도명문(邪道名門)이라 일컬어지던 철중방(鐵衆房)의 철령도(鐵鈴刀)는 철중방의 모든 인원을 동원해 덤볐음에도 패배했다.

"피바람이 부는 세월이었지."

천마일통 이후, 시천월교는 모든 무림인들에 대한 억압을 시작했다. 그들 역시 일통이 시천마라는 강력한 무인에 의해 이루어졌다는 것을 알았기 때문이었다.

수많은 무인이 월교에 인질로 잡혀왔다. 그들은 무림지배를 확고히 다질 수 있는 기반이자, 혹시나 시천마를 능가할 만한 무인이 나올지도 모른다는 사실에 대한 대비책이었다.

"그래서 여기 갇혀 계신 거네요."

"이 꼬마 놈은 맞는 말을 하는데 왜 이렇게 열이 받지?"

"뭐, 사실 아니겠나. 우리도 시천마 그 작자를 이기지 못했으니."

그중 가장 월교에 위협적인 네 명이 있었다.

혁무원과 함께 천하오절(天下五絶)이라 불리던 이들, 그러나 모두 혁무원에게 패한 뒤 월교에 의해 붙잡힌 상태였다.

"결국 이인자들은 절대로 일인자를 이기지 못했다는 이야기지."

혁무원은 그 이후 사라졌다. 하지만 그에게 패배했던 자들, 절대적인 무위를 느낀 그들은 절대로 포기할 수 없었다.

"하지만 말이야."

네 노인의 눈이 한 아이에게 향했다.

멍하니 이야기를 듣고 있던 아이는 이내 자신을 일제히 바라보는 여덟 개의 눈동자에 당황한 표정을 지었다.

"뭐, 뭐예요?"

"시천마, 그놈을 엿 먹일 수도 있을 거야."

얼굴에 흉터가 죽죽 그어져 있는 노인이 샐쭉 웃으며 중얼거렸다.

"만약……."

흐흐흐 웃는 소리가 울려 퍼진다.

아이의 얼굴이 새파랗게 질렸지만 노인들은 거기서 멈추지 않았다.

"그런 이인자들의 무공을 한데로 모은다면?"

"네……?"

당황한 목소리, 그러나 그들은 웃기만 할 뿐이었다.

"정말 재미있겠지. 안 그러냐?"

第一章 철옥

"일어나라!"

고함과 함께 시끄러운 소리가 어둠을 뒤흔든다.

쇠막대를 때리는 소리, 때앵 하는 음색에 곤히 자고 있던 이들은 몸을 부르르 떨며 잠에서 깨어났다.

쥐 몇 마리가 소리를 내며 얼른 구멍 속으로 기어들어 간다. 방금 전까지 자던 이들의 머리나 몸을 분주하게 돌아다니던 놈들이다.

"월교천세(月教千歲)!"

그 외침에 자던 이들은 번개처럼 상체를 일으키며 입을 열었다.

"월교천세!"

마치 암구호라도 되는 듯, 그 소리가 쩌렁쩌렁 감옥 안을 메우자 그들을 깨운 이는 만족스레 고개를 주억거렸다.

"좋아."

뭉툭하게 자른 머리칼, 두 눈은 세월로 인해 축 처져 마치 너구리 같은 얼굴을 하고 있는 자였다.

그는 통통한 배를 손으로 어루만지며 말을 이었다.

"너희 같은 쓰레기들을 살려준 건, 오로지 월교와 시천마 님의 은혜가 있기 때문이다."

그의 손에 들린 쇠막대가 새어 나온 햇빛에 의해 음울하게 번쩍였다. 사람의 피가 하도 묻은 탓에 거무스름한 흔적이 아직도 남아 있었다.

"감사하며 하루를 살도록."

그는 그리 말한 뒤 몸을 돌렸다.

이제 묘시(卯時)가 된 터였다. 아침 일찍부터 이들을 부려야 하는 입장에서는 조금이라도 빨리 깨우는 게 이익이었던 것이다.

그런데 걸어가던 남자의 눈에 아직 일어나지 않은 누군가가 보였다.

따아앙!

그들이 갇혀 있는 옥의 창살을 두드리는 쇠막대, 그것에 옆에 있던 자들이 두려운 얼굴로 귀를 싸잡았다. 시끄럽게 울리는 소리에도 자고 있는 이는 일어날 기미를 보이지 않았다.

"이놈이!"

다시 소리가 울리자 견디다 못한 다른 이들이 모포를 덮어 쓴 채 자고 있는 자를 흔들어 깨웠다.

그러자 쏙 튀어나오는 어린아이의 모습에 남자는 인상을 찡그렸다.

"네놈!"

아이는 잠이 덜 깬 표정으로 허둥지둥 모포를 챙기더니 이내 뒤로 물러서며 몸을 꼿꼿이 세웠다.

"죄송합니다! 어제 잠을 못 자서!"

"저놈 끌어내! 오늘 아주 죽여 버릴……!"

그것에 옆쪽에 있던 부하들이 그를 말리는 소리가 들렸다. 요즘 들어 계속 노동력을 죽어 나자빠지게 만든 것 때문에 월교 내에서도 그를 예의 주시하고 있기 때문이었다. 그는 분명 철옥의 간수였지만, 함부로 노동력을 죽여선 안 되는 입장이었다.

"오, 오균(梧鈞) 님, 지금은 조심하셔야 합니다. 게다가 꼬마 아닙니까."

부하의 말에 그는 크흠 하고 깊게 숨을 내뱉은 뒤 서 있는 꼬마를 노려보았다.

"이번 한 번뿐이다."

경고의 말을 뱉은 오균이 성큼성큼 부하들과 함께 멀어지는 것에 아이는 혀를 내밀어 보일 뿐이었다.

"소하(韶遐)야, 너무 무리하지 마라."

옆쪽에서 한 노인이 걱정스런 표정을 짓자, 소하란 아이는 씩 웃어 보였다.

"그래도 다행히 안 맞았잖아요?"

"물도 슬쩍했고."

뒤쪽에서 한 남자가 신호를 보냈다.

오균을 포함한 간수들의 시선이 한곳으로 향한 틈에, 그는 옆쪽의 바구니에서 물이 든 주머니를 몰래 빼돌렸던 것이다.

"옛날에 소매치기 짓 좀 했다더니만, 진짜였네."

"어허, 도수(盜手)라는 훌륭한 명칭이 있다."

그들은 얼른 물을 들고 뒤쪽으로 향했다.

그곳에는 며칠 전부터 병에 걸려 헐떡이고 있는 노인 한 명이 있었다.

"숙(夙) 어른, 드시죠."

그들이 갇혀 있는 시천월교의 감옥인 철옥(鐵獄)은 정해진 시간 외에는 밥이나 물을 일절 지급하지 않는다. 게다가 노동을 하지 않는다면 그것마저도 받지 못했기에 병에 걸린 숙 노인은 계속 굶고 있었던 것이다.

이곳에 오기 전 소매치기를 했다는 영보(獰步)라는 자는 숙 노인이 힘겹게 물을 넘기는 걸 보곤 안도의 한숨을 쉬었다.

"약은 무리지만 물은 빼돌려도 잘 모르니 다행이야."

"그 너구리 놈이 눈치가 없는 탓이지. 하여간 월교 놈들, 멍청한 놈이 많아서는……."

"쉿, 온다."

얼른 물주머니를 숨기자, 곧 안쪽에서 다른 이들이 나타나

문을 열기 시작했다.

그들이 짊어지고 있는 보자기 속에 들어 있는 건 낡은 삽과 각종 철기구들이었다.

"오늘도 즐거운 땅파기로군."

영보는 작업장으로 걸어가면서도 툴툴대는 소리를 내었다.

지하에 마련된 철옥의 긴 복도를 지나 드러나는 것은 거대한 공동(空洞)과 작업을 진행하고 있던 통로의 모습이었다.

몇 달 동안이나 저 통로를 파는 데 매진했었기에 영보의 인상은 단박에 일그러질 수밖에 없었다.

"몇 번을 봐도 더럽게 크네."

그는 한숨과 함께 고개를 저었다. 월교의 무인들은 그들을 감시하려는지 돌아가는 통로를 막은 채 그저 서 있을 뿐이다.

이런 작업을 계속해 왔던 철옥의 사람들은 기구를 집어 들며 각자 배정된 곳으로 흩어지기 시작했다.

"지하에 이런 굴을 파려는 것도 대단하다."

영보의 말에 옆에서 걷고 있던 소하는 슬쩍 높은 천장을 올려다보았다.

그들은 지금 시천월교가 있는 천망산(舛邙山)의 지하에 위치하고 있었다.

철옥의 수인(囚人)들이 하는 노역은 주로 이 지하에 거대한 굴을 파는 것으로 다들 삽과 수레를 든 채 힘겨운 표정을 짓고 있었다.

"내공만 있었어도……."

한 명의 중얼거림에 다들 동의하는 모습이었다. 영보 역시 씁쓸하게 자신의 손을 내려다볼 뿐이었다.

"아저씨도 고수였어요?"

소하의 물음에 영보는 무슨 말을 하냐는 듯 인상을 우스꽝스럽게 일그러뜨렸다.

"요 녀석이 아직 어려서 내 소문을 모르는구만. 전설적인 양상군자(梁上君子)인 이 몸을 모른다고?"

"엄청 유명한 도둑놈이었지."

한 명이 옆에서 덧붙인 말에 소하는 아, 소리를 내었다. 확실히 물을 훔치는 신묘한 솜씨만 봐도 그가 얼마나 숙련된 도둑인지 알 수 있었다.

"양상군자, 엉? 모르냐? 군자라고!"

"꼭 문자를 모르는 새끼들이 몇 글자 알면 좋다고 그걸 들이대더라."

킬킬거리는 몇 명의 모습에 영보는 화가 나는 듯 주먹을 허공에 저어보였다.

"얌마들아! 내가 진짜 한창 때는 날아다녔어! 내가 유명한 여자들 속곳도 훔쳤던 놈이라고!"

그 말에 웃는 소리가 커진다.

잠시 입술을 삐죽이던 영보의 얼굴이 이내 한숨과 함께 찡그려졌다.

"뭐, 지금은 별 볼 일 없지만."

"내공이 없어져서요?"

소하의 질문에 다들 허탈한 웃음만 지어 보일 뿐이었다.

이곳, 철옥에 갇힌 자들은 모두 무림인이다. 하지만 월교는 그런 자들에게 금제를 가한다는 명목으로 모두의 내공, 즉 단전(丹田)을 폐해 버렸다. 내공이 사라진 순간 그들은 조금 단련을 한 일반인에 불과했다.

"그런 셈이지."

무인으로서는 모든 것을 잃은 것이나 다름없는 것이었다.

영보는 소하의 머리를 쓰다듬어 주며 손을 들어 올렸다.

"열심히 굴이나 파자꾸나. 어차피… 이제 이 세상은 월교천하 만만세니까."

무림은 일통(一統)되었다.

외세에서 갑작스레 일어난 시천월교의 동란(動亂).

이들을 가벼이 생각했던 무림맹은 시천마라는 전설적인 천하제일인의 존재에 의해 무너졌다.

그를 막기 위해 나선 고수들은 모두 비참한 패배를 맞았고, 문파들은 멸문하거나 스스로 문을 걸어 잠그는 것으로 자신들의 무력함을 실감했다.

하나둘씩 힘을 잃어가던 무림맹은 결국 모든 희망을 잃고 항복할 수밖에 없었다. 이미 시천마는 전 무림을 압도하는 힘을 지닌 뒤였기 때문이다.

무림맹의 깃발이 불타자, 시천월교는 전 무림의 지배를 선포하며 곧 여러 문파와 가문들에게 종속(從俗)을 명령했다.

강한 고수들이 무참하게 패배하는 것을 지켜보았던 그들은 자연스레 그 명령에 고개를 숙일 수밖에 없었다.

'내게는 별 상관없는 일이지만.'

소하는 코를 훌쩍였다.

어린 나이, 게다가 그런 치열한 싸움들을 직접 접해보지 못한 터라 소하에게는 그다지 와 닿는 이야기가 아니었다.

오히려 그것보다는 지금 해야 할 작업이 더 절망적이고 힘겹게 느껴질 정도였다.

그 역시 거뭇하게 변한 손을 들어 삽을 잡고 있는 터였다. 열다섯 살의 소하에게는 무리로 보일 정도의 크기였지만, 소하는 능숙하게 삽을 잡고 다른 손으로 수레를 질질 끌었다.

이곳에 들어온 지 어언 세 달, 소하는 이제 제법 작업에 익숙해진 터였다.

"자, 왕년에 한가락 했던 도둑님. 이 삽을 쥐고 땅이나 거하게 파주시죠."

옆쪽에서 한 명이 그리 놀리는 것에 영보는 크아악 하고 고함을 내질렀다.

"에라이, 염병할 놈들! 그래! 어디 내가 신들린 삽질이란 걸 보여주지!"

철옥 안에 와하하 하는 웃음이 퍼졌다.

아무리 철옥이라는 절망적인 환경에 놓여 있다 해도, 그들은 제법 서로 간에 장난스런 이야기를 나눌 정도로 시간을 보낸 뒤였다. 특히 영보를 포함한 그 주위의 사람들은 더욱 그랬다.

소하는 계속 코를 훌쩍이며 손으로 슥 인중을 문질렀다.

검은 때가 묻어 나온다.

계속해서 땅을 파자니 콧속에는 먼지가 가득 들어차고, 얼굴에는 검댕이 가득 묻게 된다. 다들 피부도 거뭇해지고 몸도 노곤해지니 억지로라도 움직이고 있는 처지였다.

"그렇지만, 언젠가는 모든 일들이 올바른 길로 돌아오리라 믿는단다."

형은 그렇게 말했었다. 소하는 문득 그 생각이 일자 가슴속에서 따스한 바람이 불어오는 것 같았다.

'형이 보고 싶네.'

잠시 형을 떠올리던 소하는 조용히 영보를 따라 어두운 굴속으로 향하기 시작했다.

*　　　　*　　　　*

카앙!

단단한 흙을 파는 소리는 마치 쇠를 때리는 것 같았다. 한참을 파고 들어가니 돌이 점점 단단해져 왔던 것이다.

소하는 아침마다 들리는 쇠막대 소리가 다시 느껴지는 듯해 몸을 부르르 떨었다.

"염병, 이제 파지지도 않네."

모두가 그 말에 동의하는 모습을 보였다.

내공이 있는 예전이었다면 훨씬 수월했겠지만, 지금은 그저 완력으로만 땅을 파야 했기에 버거울 수밖에 없었다.

"개 같은 놈들, 어차피 지들이 다 처먹고 있는데 뭐가 부족해서 이딴 짓을 하나."

한 남자가 투덜거리는 소리가 들렸다.

철옥에 갇힌 자들은 모두 인질(人質)이다. 시천월교는 자신들에게 충성을 맹세한다는 증거로 그들이 각자 내부에서 뽑은 이들을 인질로 바치라 명령했던 것이다.

"뭐, 그쪽도 불안한가 보지."

영보는 힘없이 그리 말하며 땅에 박힌 삽을 발로 눌러 힘겹게 흙을 덜어내고 있었다. 그래도 어찌어찌 사람 수십은 통과할 수 있을 만한 굴이 만들어졌다.

"대피로라도 되나."

"이걸로 도망갈 수 있으면 좋겠네."

영보의 옆에 있던 독우(篤祐)라는 자가 벽을 치면서 그리 중얼거렸다. 다들 이곳에 인질로 잡혀서, 죽을 때까지 계속 노역만 하게 될 거라는 사실을 암묵적으로나마 알고 있었기 때문이었다.

"잡히면 더 끔찍하게 죽을걸. 사갈(蛇蝎) 계집이 얼마나 무서운데."

이 철옥을 관리하는 것은 시천월교의 오대천주(五大天柱) 중 하나인 냉옥천주(冷鈺天柱)였다. 겉보기에는 매혹적이고 색기 넘치는 미녀의 모습을 하고 있지만, 그녀가 가진 무서운 무공에 대해서는 모두가 잘 알고 있었다.

"저번에 잡혔던 사(司) 가 녀석, 기억하냐."

영보의 말에 다들 몸을 부르르 떨었다.

탈출을 시도했던 사 가의 인질 한 명은 월교의 무인들에게 잡혀가 사지가 잘린 채로 마치 짐승처럼 변과 음식이 뒤섞인 밥만을 먹고 살아야만 했다.

인간 돼지나 다름없는 꼴, 그걸 생각하자 영보는 끔찍하다며 소름이 돋은 팔을 문질렀다.

"그렇게 될 바에는, 차라리 자살하는 게 낫겠지."

다들 중얼거리는 통에 영보는 픽 웃었다.

"자살할 거면 그냥 굴이나 더 파라. 우리 덜 힘들게."

"그게 낫겠구만."

다들 허탈하게 웃는 모습이었다.

어차피 탈출하려는 생각을 한다 해도 제대로 실행이 되지 않을 거라는 사실을 알고 있기 때문이었다.

그러나 예외는 있다.

"병신 같은 놈들."

뒤쪽에서 들린 목소리에 영보는 고개를 돌려 뒤쪽에 앉아 있는 덩치 큰 남자와 그의 주위에 서 있는 다섯 명을 바라보았다.

"일이나 해라."

"형님한테 말 높여라."

그의 옆에 있는 호리호리한 남자가 그리 말하자 영보는 이내 비웃음을 가득 지을 뿐이었다.

"여기서 형님 노릇할 거면, 삽 들고 맨 앞에서 일이나 하는 게 좋을 걸? 같이 잡혀온 신세인데 농땡이나 피우지 말고."

"이 새끼가!"

옆에 있는 두 명이 흥분해 소리치자, 그들의 가운데에 있는 덩치 큰 남자가 조용히 입을 열었다.

"죽고 싶지 않으면 조용히 해라."

영보는 허어 하는 소리를 낼 뿐이었다.

내공이 사라진 지금 그들 사이의 서열은 오로지 순수한 완력으로만 결정이 난다.

몇 달 전에 들어온 저 덩치 큰 남자는 그 사실을 깨닫고, 철옥 내에서 자신의 부하들을 하나둘씩 만들어 나가는 중이었던 것이다.

"한심하게 노는구만."

영보 역시 싸우면 그에게 일방적으로 얻어맞을 게 뻔했기에, 몸을 돌리며 툴툴댈 뿐이었다.

소하는 가만히 그런 영보와 덩치 큰 남자를 바라보다 이윽고 수레를 끌어 영보의 뒤쪽에 놓았다.

"저 사람은 세요?"

그 물음에 영보는 옆머리를 긁적였다.

"예전에 호형방(豪刑房) 하면 유명했지. 저 인간이 바로 호형방주 임필정(林畢定)이고."

척 봐도 단련된 근육이 눈에 띄었다. 하지만 대호(大虎)처럼 생긴 임필정은 그 근육으로 일을 하는 것이 아니라, 오히려 다른 이들을 위협해 자신의 일을 맡기고 있었다.

"같이 일하면 좋을 텐데."

효율적으로 하루 일과를 끝낸다면 모두가 조금이라도 일찍 쉴 수 있을 것이다.

소하의 그 말에 영보는 쓴웃음을 지었다.

"그래. 어린 너도 하는 생각을 저놈은 왜 못하는지."

그는 땀에 젖은 이마를 손등으로 닦으며 소하의 머리 위에 손을 척 얹었다.

"세상이 이러니까, 다들 각박해지는 거겠지."

영보는 그 말을 남긴 채 수레를 끌고 안으로 들어섰다. 파낸 돌들을 가지고 나오기 위해서다.

소하는 알 수 없었다.

형이 말해주었던 것과는 달랐기 때문이다.

"사필귀정(事必歸正). 만사는 반드시 옳은 길로 돌아오게 되어 있단다."

"그럴까."

그의 말을 조용히 곱씹은 소하는 이내 굴의 안쪽으로 천천히 발걸음을 옮겼다.

* * *

굴을 파내고 있는 곳의 안쪽은 바깥과는 비교할 수 없을 정도로 후덥지근했다.

다들 얼마 정도를 버티다 탈진할 것 같으면 나와서 쉬곤 했지만, 임필정처럼 일부러 농땡이를 부리는 자들이 있어 노동량은 더욱 가혹해졌다.

"어이고, 죽겠다!"

한 명이 소리를 치자 다들 고개를 끄덕였다. 모두 입마저 헤벌어져 있는 데다 땀방울이 줄줄 흘러내려 땅으로 떨어지고 있었다.

"안에 뭐가 있길래 파면 팔수록 이리 더워지냐."

다 해져 버린 옷깃을 흔들며 한 명이 중얼거리자 뒤따라 도착한 영보도 강력히 동의했다.

"영물(靈物)이 나올지도 모르지."

"니가 말하면 진짜 같아서 무서워."

"으히히."

영보는 제법 인간성이 좋은 자였고, 그에 따라 이 철옥에 갇힌 자들 중 일부와 상당히 친해져 있는 상태였다.

"영보 넌 괜찮냐? 두 번이나 왔다 갔다 해놓곤."

소하 역시도 의문이 들던 차였다. 영보는 이미 자신이 할 차례를 마친 뒤였다. 그는 굳이 임필정이 비운 자리를 대신해서 들어온 것이다.

"내가 안 가면 다른 놈들이 하니까."

"허, 아주 성인군자 나셨네."

"양상군자라는 말을 드디어 믿어주는구만."

그것에 다시금 클클클거리는 소리가 울린다. 영보는 장난스레 웃은 뒤 수레를 놓고는 구석에서 삽 하나를 꺼내 들어 다른 이가 파던 자리를 마저 쑤시기 시작했다.

"도둑놈이 왜 이렇게 착한 척이야?"

그 말에 영보는 끙끙대며 삽을 바닥에 꽂은 뒤 말을 이었다.

"내가 살아보니까, 아니지."

그는 씁쓸하다는 듯 중얼거렸다.

"이제까지 애지중지했던 걸 모조리 잃어보니까 알겠더라고. 제 잇속만 생각하는 놈은 오래 못 살아."

영보의 말에 다들 뚱한 표정을 지을 뿐이었다.

"여기 잡혀와 있으면 죽은 거나 진배없지."

"그래도 말이다. 사람은 후회할 짓을 하면 안 되는 법이지."

영보는 그리 말하며 흙을 퍼냈다.

소하가 냉큼 수레에 그것을 주워 담고 있자, 그는 씁쓸하게 소하를 쳐다본 뒤 조용히 말을 이었다.

"저런 애들까지 잡아넣다니… 지독한 놈들이야."

다들 소하를 바라보았다. 임필정을 비롯해 분탕을 부리는 자들은 소하를 좋게 보지 않았다. 때때로 소하가 받는 밥이나 물을 노리기도 했었고, 어떤 자는 어리고 곱상하게 생긴 소하를 범하려고도 했다.

철옥에 갇혀 있다 보니 다들 서서히 비틀려가고 있었던 것이다.

그런 소하를 지켜준 게 영보를 포함한 일행이었다. 그들이 있기에 소하는 지금까지 아무 탈 없이 지낼 수 있었다.

"쟤도 버려진 거 아냐?"

그 말에 소하는 멈칫하며 손을 떨었다.

영보의 험악한 눈빛에 말을 꺼낸 남자는 아차 싶은 표정을 지었지만, 이내 묵묵히 삽질에 열중할 뿐이었다.

"마음에 두지 마라."

영보의 말에 소하는 다시 얼른 움직이며 말을 꺼냈다.

"아녜요. 뭐… 저는 분가(分家)였으니까요."

소하의 가문은 유가장(劉家場)이라 불리는 제법 큰 세가였다. 그런 그들에게도 시천월교의 협박은 도달했다.

결국 고민 끝에 유가장주가 택한 건 자신들, 본가의 사람이 아닌 분가의 인물을 인질로 보내는 방법이었다.

"형보다는 제가 오는 게 낫죠."

소하에게 형이 있다는 건 영보를 포함한 모두가 알고 있는 사실이었다. 처음 이곳에 도착했을 때, 죽을 것만 같은 괴로움 속에서도 소하는 형의 말들을 되짚으며 어떻게든 버텨 왔던 것이다.

"그래. 네 형님도 널 자랑스러워하실 거다."

소하는 살짝 웃을 뿐이었다.

하지만 그래도 어린아이, 아직 제대로 세상을 즐기지도 못했는데 억지로 이런 곳에 떨어져 버렸다는 건 슬픈 일이다.

"빌어먹을 월교 놈들. 하여간 이런 짓거리를 해대니 언젠가는 망할 거야."

"시천마 그 작자가 다 죽여 놓을 텐데, 누가 덤비겠어."

시천마라는 이름에 침묵이 일었다. 그 이름이 얼마나 큰 무게를 지녔는지 알기 때문이다.

소하 역시 시천마 혁무원에 대해서는 익히 알고 있었다.

전무후무한 힘을 가진 천하제일인.

그는 같은 천하오절 중에서도 절정의 실력을 자랑했고, 급기야 이후 월교의 동란 때 다른 천하오절의 인물들을 모두 꺾어버린 이였다.

그야말로 오롯이 무림의 정상에 선 셈이다.

그의 위광 앞에 무림맹은 무릎을 꿇었고, 전 무림은 패배를 인정할 수밖에 없었다.

"늙어 죽기를 바라야지."

"내공이 차고 넘칠 텐데? 오백 년은 살걸."

그 말에 다들 헛웃음을 지을 뿐이었다. 아무리 내공이 있다 해도 수명 그 자체를 늘리는 건 정말 극소수의 고수들뿐이다.

하지만 다들 시천마라면 가능할 거라는 생각이 은연중에 드는 것은 어쩔 수 없었다.

파악!

순간 삽을 옆쪽의 벽에 꽂던 영보가 눈을 껌벅였다.

아까와는 전혀 다른 부드러운 흙의 감촉이 일었기 때문이다.

"뭐야?"

"아니, 이건……."

주변에 있던 자들 역시 영보가 쥐고 있던 삽의 끄트머리가 빨갛게 달아오르는 것을 보았다.

마치 물렁물렁한 점토로 된 것처럼 구겨지는 모습. 쇠로 만들어진 삽이 그렇게 될 수는 없다.

더군다나 쩍쩍 소리가 일며 벽 안에서는 붉은 기운이 서서히 일렁이고 있었다.

영보는 눈치가 빠른 자였다. 금이 간 안쪽에서 느껴지는 열기가 위험하다는 것을 본능적으로 느꼈고, 즉시 고함을 질렀다.

"뒤로 피해!"

무언가의 이상(異常)을 감지하자마자 영보는 즉시 뒤로 물러섰고, 당황한 다른 이들 역시 주춤거리며 뒷걸음질을 치고 있었다.

그러던 순간 영보의 눈이 옆쪽으로 향했다.

수레에 흙을 퍼서 담고 있던 아이, 소하는 몸을 굽히고 있는 통에 아직 이변을 알아채지 못했던 것이다.

"소하야!"

영보의 외침이 울려 퍼지는 그 순간.

꽈아아앙!

굉음과 함께 삽이 터져 나가며 금이 간 벽에서 폭발이 일어났다.

동시에 어마어마한 열기가 쏟아졌다.

"이런 미친!"

비명을 지르며 튕겨 나가는 사람들의 모습.

소하는 영보가 자신에게로 달려오려는 걸 보았다.

입을 크게 벌리며 무언가를 외치는 모습.

그러나 이내 눈앞에 거대한 먼지가 파도처럼 밀려와 그의 모습을 삼킨다.

"잊지 말아주렴."

목소리가 들린 것 같았다.

하지만 정신을 차릴 수는 없었다.

아찔하게 온몸을 두들기는 기운에 소하는 그대로 날아가 벽에 몸을 부딪쳤고, 신음도 내뱉지 못한 채 바닥으로 툭 떨어져 내렸다.

"내게 있어, 너는 누구보다 소중하니까."

마지막, 떠나기 전 들었던 목소리가 아득하게 귓속을 울리고 있었다.

* * *

새소리가 들렸다.

부리를 따각이며 청명(淸明)한 소리를 낸다.

시원한 바람까지 등과 어깨를 훑으며 지나가니, 잠이 절로 올 수밖에 없었다.

"소하야, 이만 눈을 뜨거라."

그 목소리에 소하는 부스스 탁자에서 몸을 일으켰다.

분명 오늘은 도망가지 말고 글공부를 하라고 아버지가 엄포를 놓았던 날이었다.

제아무리 분가의 자식이라 해도 유가장의 일원이라면 어느 정도의 교양을 갖춰야만 한다는 말을 귀가 닳도록 들었지만 소하는 아직 밖에 나가 노는 게 좋았다.

"형."

마당에 서 있는 것은 말끔한 흰 무복을 입고 있는 남자. 소하는 자신의 형인 운현(雲炫)을 보며 미소를 지었다.

본가의 직계들도 운현의 검을 당해내지 못했다.

유가검공(劉家劍功)이라 불리던 검법인 연수검(練邃劍)에 있어 그는 특출한 재능을 보여 본가의 인물들에게 잔뜩 질시를 사고 있던 터였다.

"범을 잡아온다지 않았느냐."

날렵한 선을 가진 얼굴에서는 여전히 따스한 미소가 감돌고 있었다.

소하는 눈을 부비며 웃었다.

자신도 모르게 눈물이 핑 도는 이유를 알 수는 없었지만 그저 이 순간이 기쁠 뿐이었다.

“어서 다녀오거라.”

그는 웃으며 말했다.

시선은 하늘로 향해 있었다.

“오늘은… 조금 긴 하루가 될 것 같으니.”

*　　　*　　　*

“어이, 소하야! 들리냐!”

의식이 돌아오자, 가장 먼저 느껴진 건 온몸에 불이 붙은 것 같은 아픔이었다.

욱신거리는 고통. 소하는 으으 하는 소리를 내며 겨우 상체를 비틀어 세웠다.

그 목소리에 영보는 소하가 살아 있음을 알고 안도의 한숨을 내뱉었다.

“다행이구만! 조금만 기다려라!”

소하는 대답을 하기 위해 반쯤 감긴 눈을 억지로 밀어 올렸다.

그리고 보인 것은 사방이 돌로 막혀 있는 모습이었다.

소하는 폭발의 충격에 구석진 곳으로 날아가 버렸는데, 하필이면 그쪽이 여파에 의해 무너져 내린 통에 완전히 갇혀 버린 것이다.

꿈과는 완전 딴판인 상황이었다.

소하는 눈꼬리에 맺힌 눈물을 손으로 닦아낸 뒤 주변을 둘러보았다.

안쪽은 빛이 거의 들어오지 않아 어두웠다.

바깥에서는 영보를 비롯한 몇 명이 벽을 파내려고 하고 있는지, 삽질을 하는 소리가 은은하게 들려올 뿐이었다.

'머리가 아파.'

소하는 찡 하고 울려오는 두통에 인상을 찡그리며 몸을 돌리려 했다.

소하가 움직이려 하자 위에서 후두둑 떨어지는 돌들, 아마 잘못하면 다시 붕괴할 것만 같았다.

'죽을 수도 있겠네.'

소하는 멍하니 천장을 바라보며 그런 생각을 했다.

이곳에 홀로 잡혀온 순간부터 막연히 죽을지도 모른다는 생각은 항상 해왔다. 하지만 막상 그런 상황에 놓이자 막막한 기분이 들었다.

달각!

'그래도 울면 안 돼.'

꿋꿋하게 입술을 깨문 소하는 주먹을 꽉 쥐며 억지로 벽에 손을 얹었다. 영보와 다른 이들이 구해줄 것이라는 가능성을 믿으려 한 것이다.

달그락, 달그락!

그런데 자꾸 이상한 소리가 들렸다.

소하의 눈이 뒤쪽으로 향했다.

어디선가 계속 돌들을 건드리는 듯한 소리가 들려오고 있었던 것이다.

"여긴가?"

멀리서 들려오는 목소리. 낮고 희미했지만 소하는 분명 그게 사람의 목소리라는 것을 느꼈다.

"이상한데? 바람 소리는?"

"흠… 안 들리네만."

그러자 곧 달그락거리며 더 큰 소리가 울린다.

"현 영감이 안 들리면, 정말 안 들리는 건데."

웅얼대는 목소리들이다.

소하는 바닥을 손으로 짚으며 그 소리의 근원지를 찾다가 이윽고 바닥에 조그마한 구멍 하나가 나 있는 것을 발견하였다.

"어? 뭐가 왔네."

"응? 뭐야, 뭐야. 나도 들려줘!"

"경청(傾聽)한 뒤 양보하겠네. 조금만 인내하게나."

"먹물 좀 먹었다고 문자 쓰기는!"

노인들이 투닥대는 소리였다.

소하는 그 구멍을 보다 조심스레 입을 열었다.

"저, 저기……?"

"사람이다!"

한 노인이 우렁차게 소리 지르자, 소하는 귀에 틀어박히는 소리에 으악 하고 고개를 돌렸다.

쿠우웅!

얼마나 큰 소리였는지 주변마저 울리고 있었다.

"아니, 이놈아! 여기다가 애써 모은 걸 써버리면 어쩌자는 거야!"

"아, 아니… 너무 기뻐서……."

"허허, 원래 기쁨이란 주체할 수 없는 것이지. 이해한다네."

"지랄들을 하신다!"

또다시 벌어진 설전에 소하는 조마조마한 표정을 지을 수밖에 없었다. 그 소리 때문에 천장에서 다시 돌 부스러기가 떨어져 내리고 있었기 때문이다.

"근데 왜 꼬마가 대답하는 거지? 꼬마야, 거기 밖이냐?"

"처, 철옥 안인데요."

잠시 고요해진 구멍에서 이내 희미한 목소리가 흘러나왔다.

"철옥?"

"시천월교가 만든 감옥이요."

소하의 대답에 죽음과도 같은 침묵이 감돌았다.

"결국."

한숨 소리가 울려 퍼진다.

"헛수고였네."

"허허, 이것도 다 새옹지마(塞翁之馬)가 될 수 있겠지."

"그놈의 문자! 문자! 문자아아아! 이게 새옹 어쩌구가 될 일이냐! 지금 삼 년 동안 판 게 다 헛물켠 거란 뜻이잖아!"

소리가 울리는 것에 소하는 다급히 그 구멍에 대고 입을 열었다.

"저, 저기 죄송한데!"

그것에 말이 뚝 멈춘다.

"뭐냐?"

계속 소리를 지르던 노인의 목소리가 불퉁스레 바뀌었다.

"저기, 지금 지르시는 소리 때문에 여기가 무너질 것 같아서요."

"무너져?"

그것에 소하는 황급히 자신의 사정을 설명해 주었다.

갑자기 무언가가 폭발해 갇혔다는 말에 걸걸한 말투의 노인은 끙 소리를 내며 중얼거렸다.

"뭐지? 저 안에 뭐가 있었나?"

"기이한 화기(火氣)를 언뜻 느꼈던 기분이 드네만."

소하가 고개를 갸웃거리고 있는 동안 그들은 서로 대화를 끝낸 뒤 험험 소리를 내었다.

"동자(童子)야, 네 이름이 어찌 되느냐."

"소, 소하입니다."

소하가 어설프게나마 예를 갖추는 것에 격조 있는 말투의 노인은 허허 웃음을 보냈다.

"그래. 내 동거인이 한 행동에 대해서는 심심한 사과를 전하마. 하마터면 큰일이 날 뻔했구나."

뒤쪽에서 무어라 고함치는 소리가 들리는 걸 보니, 아마 저들은 한곳에 같이 있는 모양이었다.

"일단 저 꼬마도 위험하단 거 아니야?"

이번엔 순진한 느낌의 목소리가 들려왔다. 아마 지금 이 구멍의 아래쪽에는 세 명이 함께 있는 듯, 세 목소리가 서로서로 섞여 들려오고 있었다.

격조 있는 목소리의 노인이 친절한 목소리로 말했다.

"조금 도와주마. 구멍에서 조금 떨어져 피해 있거라."

"잉? 야, 현 가야! 미친 거 아니냐! 지금 너… 이런 미친!"

욕설이 터져 나오는 순간, 소하는 두 눈을 부릅뜰 수밖에 없었다.

콰아아아아앗!

무언가 보이지 않는 기운이 구멍에서 솟구쳤다.

소하는 저도 모르게 펄쩍 뛰며 뒤로 물러섰고, 그 순간 무형의 기운은 어둠 속을 가득 채우고 있었다.

그 기운은 구멍에서 솟구쳐 나옴과 동시에 천장을 깨부수며, 영보 일행이 있는 쪽의 벽마저 산산조각으로 부숴 버렸다.

꽈과과과광!

"우아악!"

바깥에서 삽질을 하던 영보는 갑작스런 폭발에 놀라 손으로 얼굴을 가린 뒤 물러섰지만, 이내 자신의 몸에 돌멩이가 단 하나도 얻어맞지 않았다는 것을 깨달았다.

"이게, 뭐야."

어안이 벙벙한 모습의 사람들이 소하의 눈에 들어왔다.

허공에 흩날리는 가루들.

아까까지 두텁게 소하와 영보 일행의 사이를 가로막던 벽은 산산히 부서져 가루가 되어 흩날리고 있었다.

소하는 입을 쩍 벌린 채 그곳을 바라보았다.

"이제 괜찮겠지?"

구멍에서 들려온 목소리에 소하는 황급히 무릎으로 기어 그리로 접근했다.

"이 구멍은 비밀로 해주길 바란다."

악악거리는 노인의 목소리는 멀어진 뒤였다.

소하는 이내 몇 번이고 입을 떼었다 붙인 뒤, 고개를 끄덕였다.

"네! 정말… 감사합니다."

구멍에서는 허허 웃는 소리만이 흘러 나왔을 뿐이었다.

*　　　　　*　　　　　*

"철옥의 혈뢰(穴牢)가 무너질 뻔했다지?"

장내에 농염(濃艶)한 목소리가 흐른다.

그것에 부복(俯伏)하고 있던 남자 세 명은 저도 모르게 몸을 부르르 떨었다.

마치 자신들의 귓가에 숨을 불어넣고 있는 듯, 색기 어린 목소리가 너무나도 매혹적이었던 것이다.

"자, 작업 중 갑작스런 폭발이 일어……."

몸에 비해 지나치게 큰 의자에 앉아 있는 여인은 반쯤 몸을 뉘인 채 새하얀 다리를 꼬고 있었다.

허벅지 언저리에서 갈라진 옷자락 사이로 드러난 살결에, 다들 굴러가려는 눈동자를 자제해야만 했다.

"폭발이라… 분명 폭약을 사용하지는 않았을 텐데?"

일찍이 명령할 적에 오로지 손과 기구로만 파내도록 명령한 터였다.

안에 있을 거라고 예상되는 '물건'이 파손되지 않도록 말이다.

"그렇습니다."

그 말에 여인, 냉옥천주 미리하(迷璃霞)는 빙긋 웃음을 지었다.

"나타난 거겠지?"

"아직 화기가 강해 섣불리 다가가진 못하고 있습니다."

오균이 그리 말하자 미리하는 고개를 끄덕인 뒤 천천히 꼬고 있던 다리를 풀렀다.

"철은천주(徹垠天柱)에게도 전해둬. 환열심환(煥熱深丸)을 드디어 찾아냈다는 소식이라면… 엉덩이가 무거운 그 작자라도 움직일 수밖에 없겠지."

"하오나, 그 소식을 알린다면……."

지금 냉옥천주는 공을 독식할 수 있는 상황에서, 그걸 손쉽게 양보하고 있는 것이다.

부하들의 걱정 어린 말에 미리하는 빙긋 웃었다.

"그런 사소한 일로 척을 질 필요는 없지."

그녀는 자리에서 일어났다. 그러자 그녀가 입은 보랏빛 의복이 매끄럽게 의자에서 떨어져 나오며 내려앉는다.

사락거리는 소리, 미리하가 자신들의 옆을 지나자 부하들은 격렬하게 그녀의 몸을 탐하고 싶다는 생각이 들었다.

코끝이 저릴 정도의 향기가 풍긴다.

그녀가 익힌 혈음매화(血陰梅花)의 특성이었다.

아름다운 꽃처럼 보이지만 다가서는 순간 상대를 잡아먹어 버리는 흉물(凶物)이다.

그렇기에 모두들 떨리는 몸을 애써 붙들고 있는 것이다.

"어차피… 이제 독행강호(獨行江湖)의 시대는 끝났어."

고개를 들어 올리자 새하얀 그녀의 얼굴에 미소가 어린다.

어둠속을 바라보던 미리하의 입이 열리며 달콤한 목소리가 마저 흘러 나왔다.

"천마께서 사라지신 이상, 우리는 우리 나름대로 살아나가야 하겠지."

*　　　　*　　　　*

"야, 진짜 너 죽는 줄 알았다."

영보는 뻐근한 어깨를 주무르며 그리 말했다.

처음 벽이 폭발할 때는, 그 정체불명의 폭약이 소하가 있는 곳까지 덮친 줄 알았던 것이다.

그러나 폭발이 멎어들었을 때, 그들은 소하가 아무 부상 없이 주저앉아 있는 것을 보고는 안도의 한숨을 토해냈다.

*　　　　*　　　　*

“안에 뭔가가 있는 건 분명하지.”

처음 폭발이 있던 장소를 조사한 월교의 무인들은 그곳을 폐쇄하고 아무도 들어가지 못하도록 막아놓았다.

영보는 도둑의 감이 온다며 턱을 문지르는 중이었다.

“분명 안에 보물 같은 게 있어. 우리한테 굳이 여길 파게 시킨 것도 그런 이유가 아닐까.”

“에이, 보물이면 어쩌려고. 훔칠라고? 다리가 잘릴걸.”

“다리면 그나마 낫지. 손모가지면 그냥 끝이야.”

킬킬거리는 목소리에 영보는 찌릿 그들을 노려보다 이내 한숨을 내뱉었다.

“뭐, 그래도 네가 살아 있는 게 가장 다행이다.”

영보의 따스한 목소리에 소하는 빙긋 웃어 보였다. 이들의 이런 태도에 하루하루 감사할 따름이었다.

“시끄럽다!”

땅 하고 쇠창살을 치는 소리, 그것에 모여 있던 자들은 황급히 흩어져 자리를 잡았다. 괜히 밉보였다간 뭇매를 맞을 수 있기 때문이었다.

오균이 뒤뚱거리며 들어서는 모습이 보였다.

그의 뒤로는 월교의 무인들이 바구니 몇 개를 쌓아놓은 채

걸음을 옮기고 있었다.

"천주께서 너희의 작업에 치하(致賀)를 내리신다고 한다. 월교에 감사하며 먹도록!"

바구니 안에는 밥덩이와 각종 절임이 들어 있었다.

그 냄새에 다들 눈을 동그랗게 뜬다. 영보나 독우도 마찬가지였다.

침 넘기는 소리.

그것에 모두를 한심하다는 듯 둘러보던 오균은 이윽고 손을 흔들어 바구니를 안쪽으로 넣어주었다.

감옥 안의 사람들은 저도 모르게 밥 한 덩이와 절임들을 집어 들고 오균의 눈치를 보기 시작했다.

"먹지 않는다면 다시 가지고 가겠다만."

그 말에 모두가 우걱우걱 밥덩이를 입으로 집어넣기 시작했다. 절임통은 이미 뻗어오는 수십 개의 손에 가려져 내용물의 존재 여부조차 알 수 없을 지경이었다.

"가축 같은 놈들."

오균은 그리 평하고서는 몸을 돌렸다.

냉옥천주가 흔쾌히 상을 내린 것은 좋았지만 그녀의 의도를 파악할 수 없었다.

'환열심환이라.'

그게 뭔지는 알지 못한다. 이름을 들은 것도 지금이 처음이고 말이다. 하지만 그게 시천월교를 지탱하는 두 천주가 움직일 정도의 가치를 지녔다는 것만은 알 수 있었다.

'보물이라도 된다는 것인가.'

시천월교에는 아직 오균 같은 이들에게 알려지지 않은 비밀들이 많았다. 그렇기에 오균은 이 상황을 잘 주시해야만 했다. 그가 이 시천월교에서 치고 올라가기 위해서는 줄을 잘 서는 게 중요했기 때문이다.

"오균 님."

오균은 뒤에서 자신을 부르는 소리에 고개를 돌렸다.

"또 뭐냐?"

그의 말에 한 부하가 조심스레 말을 붙였다.

"실은… 그때 말씀드렸던 자가 지금 도착했습니다."

"아, 그?"

그것에 고개를 끄덕여 보이는 부하의 모습에 잠시 고개를 돌리던 오균은 이내 픽 웃음을 지었다.

"여기다 집어넣어."

"괜찮… 을까요?"

오균의 통통한 볼에 미소가 걸렸다.

"상관없잖아?"

그것에 부하는 고개를 끄덕이고는 얼른 뒤로 향했다. 오균이 자신의 명령에 몇 번이고 질문하는 것을 싫어한다는 걸 이미 알고 있었기 때문이었다.

철옥 안에서 밥덩이를 입에 우겨넣던 영보는 절임통에 손을 넣어 겨우 몇 개 빼내는데 성공했다.

"소하야, 이거라도 먹어라. 목멘다."

그 말에 소하는 감사히 조각을 받아 입으로 넣었다.

"남은 게 이것밖에 없네. 아귀 같은 놈들."

툴툴거리는 영보의 말에 소하는 킥킥 웃음을 지었다.

"그래도 밥이 있는 게 어디예요."

어쨌든 먹을 것이 있다는 것만으로도 살 것 같았다. 영보와 농담을 주고받던 소하의 시선이 옆으로 이동했다.

아까까지 계속해서 파던 동굴 중 폭발이 일어난 곳은 폐쇄됐지만 아까 전 소하가 갇혔던, 조그마한 구멍이 있던 곳은 아직 드나들 수 있었다.

'사람이 있었어.'

이 근처일까? 아니다. 철옥은 서로를 격리시키지 않고 하나의 감옥으로 되어 있다. 게다가 그들이 말했던 것들을 떠올려 보면 아마 이보다 더 깊은 지하에 시천월교의 다른 감옥이 있는 듯했다.

그리고 그 구멍에서 폭출해 나오던 무형의 기운. 그것을 떠올린 소하는 잠시 기억을 떠올려 보았다.

'무공일까?'

소하는 형에게서 많은 무림인에 대해 들었다.

이 철옥 안에도 예전에 내공을 지니고 사람들과 싸우며 무림을 종횡하던 이들이 많았다. 영보 역시 꽤나 이름을 날리던 도둑이었고, 임필정 같은 이는 주먹으로 악명을 꽤나 떨쳤다고 들었다.

'신기하네.'

뭔가 기묘한 느낌이 들었다. 무공이라는 것은 어디까지나 신비하고, 아무나 할 수 없는 것이라 생각해 왔기 때문이다.

그런데 지금 자신의 옆에서 입에 밥을 마구 밀어 넣고 있는 영보나 다른 이들도 예전에는 다 무림인이었다는 생각이 들자, 조금 다르게 보일 지경이었다.

"그러고 있으면 내가 다 먹는다."

영보의 말에 정신없이 밥덩이를 삼켜야만 했지만 말이다. 얼른 밥덩이를 다 씹어 삼킨 소하는 뒤쪽으로 슬슬 물러나 숙 노인에게 물을 내밀었다.

남은 밥들을 죽처럼 만들어 손으로 먹여주자 그는 힘겹게 그것을 삼키고 있었다.

"거기 비켜라!"

고함과 함께 무인 몇 명이 다가서자, 곧 철창이 열린다.

안으로 세 명이 들어섰다. 험상궂게 생긴 남자 둘과 조그마한 아이 하나였다.

"어린애?"

"소하랑 비슷한 또래네."

자신의 이름이 불리는 것에 소하는 냉큼 고개를 돌렸다. 그곳에는 새하얀 얼굴을 가진 한 소년이 어두운 표정으로 들어서고 있었다.

선이 가늘다. 작고 동그란 얼굴에 누가 봐도 귀해 보이는 기운이 풍겨 나오는 아이. 그의 모습에 한 명이 흐흐 하는 소리를 내뱉었다.

"뭐야. 제법 예쁘잖아. 남색(男色)도 이런 상황이면 얼마든지 반가운… 크헉!"

그 순간 소년의 옆에 서 있던 거한 하나가 발을 내뻗어 말을 꺼낸 자의 얼굴을 내리찍었다.

우지직!

턱뼈가 부서지는 소리는 끔찍했다.

"세상에."

영보의 중얼거림과 동시에 모두 움직임을 멈췄다.

찢어지는 비명을 지르며 나뒹구는 자만이 있을 뿐이다.

거한은 인상을 찌푸리며 주변을 둘러보았다. 마치 이리처럼 부리부리한 두 눈이 번득이고 있었다.

"더 입을 놀릴 자가 있나?"

자연스레 모두 조용해졌다.

그 모습에 거한은 묵묵히 몸을 돌렸다.

"가시지요."

소년은 입술을 슬쩍 깨물며, 그와 함께 안쪽 자리로 향했다.

비어 있는 곳은 숙 노인의 옆자리, 거한 두 명이 소년을 호위하듯 양옆에 앉는 모습에 영보와 독우는 멍하니 그쪽을 쳐다볼 뿐이었다.

"신기한 작자들일세."

그러고는 다시 남은 밥덩이를 입에 우겨넣는 그들과는 달리 소하는 빤히 그 소년을 쳐다보았다.

뭉툭하게 잘린 머리, 마치 급하게 잘라낸 것만 같았다.

눈이 마주치자 소하는 입을 꾹 다물었다.

마치 흑요석(黑曜石)을 박아 넣은 것 같은 눈동자다. 긴 속눈썹 때문에 더욱 그렇게 느끼는 것일지도 몰랐다.

"뭘 봐."

잔뜩 악의 어린 목소리가 들렸다.

그것에 소하는 저도 모르게 목을 집어넣었다.

소년은 흥 소리를 내며 무릎을 끌어안는다.

그는 마치 이 상황을 다 잊고 싶다는 듯, 눈을 꽉 감았다.

"너무 걱정 마십시오."

소년은 대답하지 않았다.

옆에서 거한들이 이야기하는 것을 뚫어지게 쳐다보고 있는 소하의 목덜미를 붙잡은 영보는 냉큼 그를 잡아당기며 속삭였다.

"어지간하면 저 치들이랑 엮이지 마라. 위험해 보이니."

턱이 부서진 이가 계속 아프다면서 바닥을 뒹굴었고, 그의 입에서는 피거품이 부글부글 흘러나오고 있었다.

저대로 뒀다간 며칠 후에 저자는 아마 '처분'되고 말 것이다. 노동력이 되지 않는 이들은 밥조차 얻을 수 없고, 결국 죽고 만다.

"사람 목숨을 아무렇지도 않게 생각하는 놈들은 위험해."

소하는 문득 그 말에 두려워졌다.

저 거한들은 서슴없이 발을 내질렀다.

턱뼈를 부서뜨렸다는 건, 치료할 길이 없는 이곳에선 저 남자를 죽이는 일이나 마찬가지였다. 다들 그 남자에게 다가가지도 못한 채 고통에 몸부림치는 꼴을 구경하고만 있었다.

저 거한들은 사람이 죽는 것에 아무 신경을 쓰지 않는 자들이었다.

'무림인이구나.'

소하는 영보의 말을 이해하고는 고개를 끄덕였다.

第二章
대화

그 후로 시간은 제법 빠르게 흘렀다.

사흘 정도가 지나자 철옥의 인원들은 다른 곳의 굴을 파는 작업에 동원되었고, 수를 나눠 제각기 흩어지고 있었다.

영보와 함께 수레를 끌고 가던 소하는 문득 옆쪽에서 남자들과 짐을 나르고 있는 소년을 바라보았다.

그는 철옥 내의 누구와도 대화를 하지 않았다.

옆에 있는 두 험상궂은 자들과 아주 작은 목소리로 말을 나눌 뿐, 그밖에는 전혀 입을 열지 않았다.

"임필정이 이 개 같은 새끼. 일을 안 해요. 일을."

영보가 투덜대자 옆에 있던 독우가 킬킬 웃음을 지었다.

"원래 여기가 그런 곳이잖냐. 힘세면 장땡이지."

오균을 포함한 월교의 무인들은 보통 철옥 내부에서 무슨 짓을 하든 신경 쓰지 않는다. 그렇기에 철옥 내에서는 심지어 살인까지도 간간히 일어나고 있었다.

영보는 투덜대며 짐을 함께 날랐다.

"저 애도 참 큰일이겠어."

어린 나이에 이리로 잡혀오는 경우는 몇 없다.

보통 가혹한 노동을 견디다 못해 죽어버리기도 하는 데다, 미동(美童)의 경우 월교 무인들에게 범해지기도 하기 때문이다.

검댕을 잔뜩 뒤집어쓴 소하 정도는 어떻게든 영보와 다른 이들의 도움으로 살아남을 수 있었지만, 저 소년은 정말 여자로 착각할 정도로 곱상하게 생긴 지라 몇몇 수인이 음란한 눈빛으로 훔쳐보곤 했다.

그때마다 곁에 있는 두 거한이 험악한 표정을 지어서 넘어갔지만 말이다.

"유명한 가문 출신이 아닐까?"

"히야, 그런데 이리로 왔겠어? 철옥이 어떤 곳인데."

그들이 이야기를 하는 동안 소하는 그 소년이 묵묵히 짐을 받아 나르는 모습을 보았다.

몸이 약한지 돌 한 덩이를 들고서도 끙끙거리며 움직이는 모습에 보다 못한 거한 한 명이 그것을 성큼 들어 올려 옆으로 옮겨주었다.

결국 그는 자기가 무력하다는 것을 깨달았는지 시무룩한 표정을 지은 채 이내 물동이를 들고 구석에 마련된 물가로 향하고 있었다.

"너도 갔다 와라."

영보의 말에 소하는 놀라 고개를 돌렸다. 뒤에서 영보가 씩 미소를 지은 채로 서 있었다.

"같은 또래 친구가 필요하겠지."

"그래, 가서 이야기나 좀 해봐라."

독우도 동의하며 옆에서 가져온 물동이를 소하에게 안겨주며 손가락으로 옆쪽을 가리켰다.

그것에 소하는 당황한 듯 몇 번 그들을 번갈아 바라보았지만 이내 고개를 끄덕였다.

"뭐, 인사 정도는 해볼 수 있겠네요."

"이놈도 은근 솔직하지가 못하네."

영보가 킬킬 웃는 것을 뒤로 하며, 소하는 냉큼 물동이를 든 채 소년이 있는 물가 쪽으로 뛰어갔다.

* * *

소년, 유원(裕愿)은 낭패한 표정으로 땅을 내려다보고 있었다. 얇은 팔과 다리, 이곳에서 하는 작업들을 수행하기엔 턱없이 약한 몸이었다.

그는 조용히 물동이를 물가에 집어넣으며 속으로 중얼거렸다.

'나는 도움이 안 돼.'

거한 두 명에게 미안함만이 일었다.

그들은 세가(世家)에서의 미래를 저버리고 그를 따라 월교의 인질로 붙잡힌 자들이었다.

원래 홀로 나서려는 것을, 그 혼자 내버려 둘 수 없다는 이유로 두 명까지 나섰던 것이다. 그리고 그들은 내공을 잃었다. 무인임에도 무공을 제대로 쓸 수 없는 몸이 되고 만 것이다.

하지만 그들은 그저 괜찮다고만 말했다.

그가 무사하다면, 그를 이 지옥 같은 곳에서 지켜낼 수만 있다면 자신들은 만족한다고 말이다.

그것이 오히려 더욱 소년의 화를 들끓게 만들었다.

'용서하지 않아.'

그는 시천마도, 이 강호를 지배하고 자신의 세가를 어지럽힌 시천월교도 모두 용서할 수 없었다.

"저기……."

갑자기 들려온 목소리에 유원이 신경질적으로 자신을 바라보는 것에 소하는 움찔 몸을 굳혔다. 처음부터 말을 걸기 어려울 것 같다는 느낌이 들었기 때문이었다.

"안녕?"

손을 흔들며 말하는 것에 유원은 인상을 쓸 수밖에 없었다. 얼굴은 알고 있었다. 이곳에 있던 유일한 또래. 그러나 별다른 신경을 쓰지 않았었다.

"내게 무슨 용무지?"

날이 선 목소리에 소하는 조심스레 자신이 든 물동이를 가리켜 보였다. 물을 뜨러 왔다는 뜻이다.

유원이 비키자, 소하는 옆에서 물을 길으며 천천히 그에게 말을 걸었다.

"좋은 가문의 사람인가 봐?"

찡그려지는 눈.

유원이 노려본다는 걸 깨달은 소하는 아차 하고 즉시 주제를 바꿨다. 할 말이 없어서 필사적으로 머리를 굴린 건데, 잘못 건드린 모양이었다.

"아니, 그… 같이 온 분들이 대단해 보여서."

"쌍랑(雙狼) 분들은 대단한 무인이시지."

자부심이 가득 어린 말이었다.

유원의 말은 그걸로 끝이었다. 묵묵히 물을 채워 넣는 모습. 소하는 가득 찬 물동이를 등에 짊어지며 말을 이었다.

"혹시 힘든 일이나 부탁할 게 있으면 말해도 괜찮아."

"네가 뭐라고 나한테 그런 말을 하는 거지?"

여전히 날카로운 반응이다. 희미하게 웃던 소하는 이내 머리를 긁적거렸다.

"뭐… 그렇게 말하면 할 말이 없긴 한데, 적어도 나는 그런 말을 들으니 조금 마음이 놓였었어."

처음 이곳에 왔을 때, 소하는 영보가 말을 걸어주지 않았더라면 이미 시체가 되어 있을 수도 있었다.

월교의 작업은 가혹하다. 철옥 내에서도 죽어나가는 사람이 여럿 있었고, 소하는 혹시 이 소년도 다른 사람들처럼 죽게 될 것만 같아 염려가 되었던 것이다.

"흥! 태평한 생각이군. 마교(魔敎) 놈들이 무림에 자행한 일을 생각하면……!"

"쉿! 그런 말하면 큰일 나!"

시천월교는 동란을 일으키기 전에는 무림에 마교라는 이름으로 알려져 있었다.

세외(世外)의 무리. 그러나 그들의 동란이 성공적으로 무림일통을 끝내자, 곧 마교라는 단어는 금기어가 되었다. 꺼내는 순간 즉시 칼을 맞을 수도 있는 일이었기에 소하는 다급히 유원의 입을 막으며 주변을 둘러보았다.

소하가 손으로 그의 입을 막는 것에, 당황한 유원은 성난 표정으로 소하의 손을 쳐냈다.

"건방지게……! 그리고 맞는 것을 맞다고 말하는데 뭐가 문제라는 거지?"

"여긴 주먹이 더 빠르다고. 괜히 그러면……!"

하지만 그 순간 소하는 유원의 힘에 저도 모르게 기우뚱 기울어졌다. 무거운 물동이를 지고 있는 탓이었다.

"으아악!"

소하와 유원이 하나가 되어 나동그라졌다.

유원은 너무 당황해 어푸거리며 고개를 흔들었고, 그는 이윽고 소하가 자신의 위로 넘어진 것을 보고는 아연한 표정을 지을 수밖에 없었다.

"저, 저리 비켜!"

얼떨결에 밀려난 소하는 다시 물에 얼굴을 묻었고, 코와 눈에 잔뜩 물이 들어가는 것에 우악 소리를 내며 몸을 마구 비틀었다.

시간이 조금 지나자 겨우 주위가 구별되었고 물이 생각보다 얕은 것에 소하는 바닥을 짚으며 숨을 토해냈다.

"야! 물 다 엎어졌잖아! 아이고, 머리야… 음?"

순간 소하는 고개를 갸웃거렸다. 방금 들은 목소리가 묘하게 높게 들렸던 것이다. 게다가 지금 손에 느껴지는 감촉, 소하는 비틀거리면서 자기도 모르게 유원의 가슴팍을 붙잡았다는 사실을 깨달았다.

순간 부드러운 느낌이 손바닥에 감돌았다.

놀라 눈을 동그랗게 뜨고 있는 유원의 모습.

소하는 너무 당황해 순간 그를 내려다보았다.

물에 젖은 채로 머리칼이 흐트러진 그는 소하에게 이상한 느낌을 들게 만들고 있었다.

유원의 눈에서 불똥이 튀었다.

"이, 이, 이놈……!"

"너……?"

말을 이으려던 소하는 자신의 뒤쪽에서 어리는 그림자를 느끼고는 고개를 돌렸다.

"여기 있었네."

서 있는 두 명의 남자. 그들은 임필정을 따르는 자들이었다.

유원을 바라보던 작고 통통한 남자가 씩 미소를 짓는다.

눈에 어린 것은 색욕(色慾).

그 시선은 명백히 음란한 기운을 담고 있었다.

"윽……!"

유원은 순간 뒤로 물러서려 했지만 찰박거리는 물과 벽만이 등에 느껴질 뿐이다.

"방주님이 먼저 가지고 노는 건 상관없다고 하시더군."

히죽 웃는 또 다른 한 명, 작고 퉁퉁하게 생긴 자와는 다르게 마르고 편협하게 생긴 외모를 지니고 있었다.

"벗기면 잘 울 거 같은데. 여자가 아니어도 쓸 만하겠어."

혀를 날름거리며 말하는 모습에 유원은 팔이 덜덜 떨려오는 것을 느꼈다.

저도 모르게 두려움을 느낀 탓이다.

'안 돼.'

자신은 당당해야만 한다.

억지로 다리에 힘을 주려 했지만 그것도 곧 팔자(八字)로 꺾어진다.

그 모습에 키가 작은 남자도 낄낄 소리를 내며 웃었다.

"계집애처럼 생겼으니, 뭐 대용으로는……."

유원은 다급히 뒤를 돌아보려 했지만, 자신을 구해줄 쌍랑이 한참 멀리 있다는 걸 뒤늦게 깨달았다.

손이 뻗어온다. 털이 숭숭 난 두터운 팔에 유원의 얼굴이 한순간 창백해졌다.

그 순간.

"저, 저기."

손을 뻗던 키 작은 남자는 자신에게 달라붙은 조그마한 인영(人影)을 바라보았다.

"넌 또 뭐야."

"싫어하는 것… 같은데……."

잠시 소하를 뚫어지게 내려다보던 남자가 말했다.

"놔라."

그 말에 얼른 손을 놓긴 했지만, 소하는 한 발짝도 비키지 않겠다는 듯 그 자리에 꿋꿋하게 서 있었다.

그 모습에 남자가 무릎으로 툭 소하의 몸을 밀었다.

하지만 소하는 밀려나지 않고 굳세게 버티고 서 있을 뿐이었다.

"허어."

그는 크게 한숨을 쉬더니만 이내 소하를 세게 올려 찼다.

퍼억!

윽 소리를 내며 소하가 튕겨 나가자 유원은 당황해 앞을 바라보았다.

"낄 데가 따로 있지."

그런데 옆에 있던 남자가 눈을 동그랗게 떴다.

소하를 걷어찬 키 작은 남자의 바지가 스르륵 내려가 버렸던 것이다.

"뭐……!"

당황한 남자가 주춤거리며 바지를 부여잡았다. 갑작스레 바지가 내려가자 당황할 수밖에 없었던 것이다.

누렇게 변색된 속옷이 드러나자 키 큰 남자는 실소를 머금었다.

"뭐하냐."

"아, 아니 그게……."

"성미도 급하시네."

유원은 놀라 눈을 돌렸다. 땅을 나뒹굴던 소하가 힘겹게 상체를 일으키고 있었다.

이윽고 소하는 들고 있던 허리끈을 내버리며 퉤 하고 옆으로 침을 뱉었다.

"그러니까 뺏기고도 모르죠."

"이, 이 새끼가!"

얼굴이 시뻘개진 남자가 돌을 집어 드는 모습이 보였다. 유원은 순간 입술을 질끈 깨물 수밖에 없었다.

소하는 어떻게든 일어서려 꿈틀거려 보았지만, 어른의 발차기를 그대로 얻어맞았으니 당장 움직이기가 힘들었다.

소하는 자신에게 다가오는 남자의 모습에 절로 얼굴이 굳어졌다.

남자가 소하에게 거의 다다른 순간.

"으아아아악!"

철옥 내에 쩌렁쩌렁한 고함이 울려 퍼졌다.

몸을 움찔거린 유원에 뒤이어, 이내 남자들은 황당한 눈으로 소하를 쳐다보았다. 소하가 갑자기 목이 찢어져라 소리를 질렀던 것이다.

"이 새끼가 지금 뭐하는……!"

"거기까지."

돌을 휘두르려던 남자는, 뒤에서 들리는 목소리에 몸을 멈췄다.

어느새 그의 목에 곡괭이 하나가 들이밀어져 있었기 때문이었다.

영보는 하아 하고 길게 한숨을 내뱉었다.

"꼬맹이들을 괴롭히지 마라. 나이도 먹을 만큼 먹은 놈이."

"이 새끼… 너도 지금 호형방을 방해하려는 거냐!"

"호형방은 무슨, 같은 수인(囚人)이지. 너넨 왜 이런 데서도 편을 나누려고 안달이냐."

영보는 퉁명스레 대답한 뒤, 곡괭이를 살짝 당겼다.

그것에 당황한 남자는 돌덩이를 떨어뜨리며 물러섰다. 주변에 그림자들이 어리는 것을 보았기 때문이었다.

어느새 영보의 뒤에는 열 명 정도의 수인이 서 있었다.

모두가 그와 함께 행동하는 자들이었다. 수적으로 불리해지자 남자는 인상을 찡그리며 뒤에 대고 소리쳤다.

"뭐하고 있어!"

그러자 뒤쪽에서 소리가 들려왔다. 상황이 이상해지자 임필정을 따르는 다른 이들까지 이리로 다가오기 시작한 것이다.

그것에 영보도 슬쩍 인상을 굳혔다.

'이건 안 좋은데.'

그는 어지간하면 싸우고 싶지 않았다. 괜스레 다치거나 죽게 되는 사람이 나오는 건 바라지 않았기 때문이었다.

오히려 그 상황에 임필정의 부하들이 여유로워졌다. 열 명 이상의 사람이 몰려들자 그들은 턱짓으로 영보를 가리키며 비웃음을 지었다.

"어디 지껄일 말이 더 있냐?"

영보는 곡괭이를 그의 목에서 치우며 한 걸음 물러섰다. 이제 어쩔 거냐고 묻는 듯한 표정들에 영보의 입에서 한숨이 새어 나왔다.

"흠… 임필정이가 저 형씨들까지 다 때려잡을 수 있다고 보냐?"

"뭐?"

"거기 있는 놈들!"

그 순간 두 명의 거한이 모습을 드러냈다.

소하의 고함을 듣고 황급히 뛰어온 것이다.

"이 새끼… 그래서 소리를 질렀구나!"

뒤쪽에서 소하는 씩 웃음을 지었다.

순식간에 도착한 거한들은 소하를 감싼 채 주저앉아 있는 유원과, 영보와 대치하고 있는 임필정의 부하들을 보았다.

거한들의 두 눈에 불똥이 튀었다.

순간 영보를 포함한 모두가 숨을 삼켰다.

투콱!

번개 같았다.

땅을 밟는가 싶더니 이내 바람을 가르며 발이 뻗어 나갔다. 앞으로 쭉 솟구친 발은 마치 칼날처럼 허공에 궤적을 그리며 그대로 한 명의 어깨를 격중시켰다.

"으아아악!"

비명과 함께 발에 걷어차인 임필정의 부하 한 명이 허공을 날아 땅을 나뒹굴었다.

한참을 데굴데굴 구르다 멈추는 모습을 보니 부딪친 충격으로 기절한 듯했다.

그를 걷어찬 거한은 인상을 잔뜩 찡그리며 분노에 어린 목소리를 뱉어냈다.

"지금 네놈들이 어떤 분을 건드리려 한지… 모르고 있는 모양이로군……!"

"우린 아니야, 우린 아니야."

재빨리 끼어드는 영보의 한심한 목소리에 소하는 한숨을 뱉었지만, 그 역시 방금 거한이 보여준 엄청난 힘에 당황할 수밖에 없었다. 희끗하더니만 그대로 돌진해 한 명을 걷어차 날려 버릴 줄이야.

'저게 무공이구나.'

내공이 없다 해도 닦여 있는 근골은 저런 움직임을 가능하게 해준다는 걸 처음 안 소하였다. 거한 한 명은 영보의 앞을 막아서며 손을 까닥였고, 그것에 영보와 일행들은 빠르게 물러섰다.

그들을 슬쩍 바라본 거한은 이윽고 고개를 돌려 두려운 표정을 짓고 있는 임필정의 부하들에게 말했다.

"만약 유원 님이 조금이라도 다쳤다면… 너희들의 팔다리가 모조리 부러질 줄 알아라."

"곽(槨) 아저씨. 저, 전 괜찮아요."

유원의 목소리에 곽이라 불린 거한은 안도의 눈빛을 보이며 몸을 돌렸다. 그러나 이들을 그냥 놔둘 수는 없었다.

거한의 발이 다시금 허공을 찬다.

놀란 남자는 갑작스레 뒤차기를 날려오는 것에 몸을 뒤로 굽히는 것으로 피해내려 했지만, 허공에서 발의 궤적이 바뀌며 그대로 남자의 가슴팍을 노려오고 있었다.

"종현(鐘鉉)!"

그때 외침이 들렸고 그 순간 발차기를 하던 거한의 발이 멈췄다.

뒤쪽에는 성큼성큼 이곳을 향해 걸어오고 있는 임필정이 보였다.

거한의 눈이 가늘어졌다. 임필정이 거느린 자들은 스물이 넘는다. 아무리 그들이 강하다 해도, 내공이 폐쇄된 지금 스물을 모두 당해낼 수는 없을 거란 생각에서였다. 하지만 피할 생각은 없었다.

주먹을 꽈악 움켜쥐는 모습, 소하는 유원과 영보의 부축을 받아 일어서며 그 장면을 조용히 바라보고 있었다.

자리에 도착한 임필정은 대충 상황을 파악했는지 주변을 둘러보다 입을 열었다.

"방금 펼친 한 수는… 백영세가(栢永世家)의 가전무공인 팔영각(八影脚)인가."

"무공을 보는 눈은 있는 것 같군. 무뢰배의 우두머리라 해도 말이지."

거한의 몸에서 풍기는 살기가 매서워진다.

임필정은 부하들의 두려움에 찬 시선을 죽 훑어보더니 입을 열었다.

"백영세가에 두 명의 고수가 있다고 들었지. 팔영각의 달인인 중정랑(重貞狼)과 사하랑(斜昰狼)… 아마도 당신들이 그들이라 생각되는군."

"정확하다."

그것에 부하들의 눈에 이채가 일었다.

소하와 함께 있는 영보 역시 마찬가지였다.

"배, 백영세가?"

"유명한 곳이잖아."

백영세가라면 소하의 집안인 유가장과는 비교도 되지 않을 정도로 크고 부유한 가문이었다.

소하는 아직까지도 배에서 전해지는 저릿한 아픔에 눈을 껌벅이며 거한들을 바라보았다.

조금 전 발차기를 펼쳤던 중정랑 곽위(槨韋)는 여전히 전의가 가득한 표정으로 말을 이었다.

"그래서 어쩔 거지? 대신 덤비기라도 할 텐가?"

임필정은 픽 웃어 보였다.

"부하들의 무례에 사과하지. 다시는 이런 일이 없을 걸세."
그것에 옆에 있던 사하랑 정욱(靜郁)도 뒤로 슬쩍 물러섰다. 싸울 이유가 없다면 주먹을 쓰지 않겠다는 것이다.
임필정은 이윽고 아까 전 소하를 걷어찼던 남자, 종현에게 나직이 말했다.
"물러나라."
그러자 팽팽했던 공기가 풀어지며 다시 흩어지기 시작한다. 임필정이 부하들과 함께 멀어지자, 영보는 후아 하고 숨을 내뱉으며 곡괭이를 땅에 내려놓았다.
"아이고, 쫄았다."
"겁 없이 덤비더니만. 오줌은 안 지렸냐?"
낄낄거리는 독우의 모습에 영보는 으르렁 소리를 내며 그를 노려보다 이내 소하에게로 다가갔다.
"소하야, 괜찮냐? 속 다치면 큰일 난다."
만약 내장에 상처라도 났다면 즉시 숙 노인 같은 꼴이 되어 버릴 것이다.
그 모습에 곽위가 앞으로 나섰다.
"내가 도와주도록 하지."
"어, 어?"
영보를 슬쩍 밀며 나선 곽위는 이내 소하를 앉힌 채로 그의 등을 두들기기 시작했다.
"끄악!"
소하가 고통스러운 듯 비명을 지르자 영보는 더욱 당황한 표정을 지을 뿐이었다.

"지금 뭐하는……."

"혈도를 두드려서 혈맥을 안정시키는 거다."

옆쪽에서 쭉 침묵을 유지하던 정욱이 한마디 거들자, 모두 입을 닫을 수밖에 없었다.

한참 동안 비명과 함께 혈도를 두드리는 작업이 계속되었고, 아픔이 겨우 사라지자 소하는 흐늘흐늘 미끄러지며 바닥에 이마를 가져다 대었다.

"이 정도면 후유증은 없을 거다."

"가, 감사합니다……."

소하가 힘겹게 감사의 말을 전하자 곽위는 고개를 저었다.

"내가 너에게 감사해야 한다. 유원 님이 위험할 뻔한 일… 내 저들의 의도를 미리 파악하고 움직였어야 하거늘."

한숨을 내뱉은 곽위는 이윽고 소하에게 슬쩍 미소를 보였다. 바늘로 찔러도 피 한 방울 안 나오게 생긴 그가 보인 최초의 미소였다.

그 미소를 본 소하는 정말 안 어울린다는 생각이 어렴풋이 들었다.

"네 용기에 감사를 표한다."

포권을 취하며 해오는 말에 소하는 멍하니 그를 바라볼 뿐이었다. 이내 정욱과 곽위는 유원과 함께 다시 물러섰다. 아무리 그렇다고 해도 이들과 계속 같이 있을 마음은 없었던 것이다.

유원은 슬쩍 눈을 돌렸다.

앉은 채로 자신을 바라보고 있는 소하의 눈을 쳐다보며 유원은 이내 나직이 중얼거렸다.

"…고마워."

떠나가는 유원을 보며 영보는 소하의 어깨를 툭 두드렸다.

"이야, 친구 생겼네."

소하는 씩 웃으며 중얼거렸다.

"뭐, 그건 재가 하는 걸 봐야 아는 거죠."

"…요놈은 아무리 봐도 성격이 이상해."

*　　*　　*

"바, 방주님. 그래도 이대로 물러나는 건……."

종현의 목소리에 임필정은 가만히 멈춰 서며 그를 바라보았다.

"백영쌍랑(栢永雙狼)은 만만히 볼 자들이 아니다."

실제로 그들은 이전 백영세가에서도 명성을 날리던 자들이었다. 내공이 철폐되었다 해도 근골(筋骨)이나 몸을 쓰는 법을 충분히 익힌 자들이기에 임필정의 부하들이 여럿 당할 가능성이 있었다.

"그래도 여럿이서 덤빈다면……."

"월교 놈들이 방해할 수도 있다. 쓸데없는 짓은 하면 안 돼."

임필정은 오균을 비롯한 월교의 간수들을 경계했다.

그들은 내공을 가지고 있다. 예전의 임필정이었다면 그 정도 무인들은 콧방귀를 뀌며 무시했겠지만, 지금은 다르다.

그들은 지금의 임필정이 이기기엔 버거운 상대였다.

“그나저나… 이상하군.”

백영세가는 구대 문파가 멸절(滅絶)된 뒤 새로이 부상한 세가였다.

그 유명세는 물론이고, 세가 내부의 사정 역시 전 무림에 은근히 알려져 있는 터였다.

“백영세가에 저 나이의 꼬마가 있었나?”

“뭐, 몰래 낳은 놈 아니겠습니까?”

종현은 그렇게 말하며 픽 웃음을 지었다. 제법 곱게 생겨서 품고 놀면 좋을 것 같았지만 저런 무서운 거한들이 지키고 있으니 건드리기 어려웠다.

턱을 문지르던 임필정은 인상을 찡그렸다.

“백영세가는 일인직전(一人直傳)의 가문. 분명 무공을 은폐하기 위해 후계자는 하나만 남기고 모조리 가문에서 내쫓아 버린다고 하던데.”

그렇기에 더욱 의문스러웠다.

‘쌍랑이 지키기 위해 내공을 버릴 정도의 인물이라.’

임필정의 눈이 요사한 빛을 냈다.

*　　　*　　　*

소하는 수레를 질질 끌며 안으로 들어서고 있었다.

다른 사람들이 쉴 때에 조금이라도 자신의 할당량을 채우기 위해서였다.

배가 욱신거린다.

소하는 얻어맞았을 때의 감촉을 떠올려 보았다. 처음 영보가 말을 걸어주기 전에는 소하 역시 수두룩하게 맞고 다닌 터였다.

이곳의 사람들은 영보같이 좋은 이들도 있지만, 내공을 잃었다는 상실감에 서로를 공격하려 드는 이들도 있었다. 임필정과 같은 이들은 이 내부에서도 강자와 약자를 나누려 든다.

소하는 그들에게 있어 약자였던 것이다.

수레를 질질 끌고 가던 소하는 이윽고 발걸음을 멈추고 눈을 들어 올렸다.

'무서웠어.'

어른, 그것도 무인이었던 자들의 앞에 나선 것은 처음이었다. 이제까지는 영보나 다른 이들의 보호가 있었기에 느물느물하게 행동할 수 있었지만, 조금 전엔 정말로 위험했었다.

손이 떨리고 있었다.

소하는 수레를 놓으며 벽에 몸을 기댔다.

아무도 없는 곳, 잠시 혼자 있고 싶었다.

소하는 이전, 자신이 갇혔던 곳으로 걸음을 옮기며 아까 전의 일들을 떠올려 보았다.

철옥에 들어온 뒤부터 소하의 일상은 모조리 사라져 버렸다.

더 이상 아침에 일어날 때의 그 포근한 감촉이나 창으로 전해지던 햇살은 없다.

오로지 차디차고 어둑한 감옥의 창살만이 소하를 반길 뿐이었다.

"참고 견디는 것은 절대 나쁜 게 아니란다."

형은 그렇게 말했었다.

소하는 손을 들어 눈두덩을 비볐다.

눈이 뜨겁다. 마치 불이라도 붙은 듯 화끈거리며 뜨거워졌다.

무섭다.

돌아가고 싶다.

집의 문을 열고 마당을 넘어 형의 방으로 들어가 이불 속에 파고들고 싶었다.

그러면 형이 반겨줬을 테니까.

"윽."

소하는 입을 꾹 앙다물었다. 참아야만 했다. 애써 감추고 감춰왔던 감정들이, 억지로 용솟음치며 가슴속을 맴돌고 있었다.

쿵!

주먹으로 벽을 내려쳤다.

아이의 손, 수많은 작업으로 다치고 거칠어졌지만 여전히 그것은 아이의 손이다.

소하는 몸을 떨며 숨을 뱉어냈다.

'울면 안 돼.'

유가장의 자식은 무림인이다.

무인은 울어서는 안 된다. 소하는 그렇게 다짐했었다. 이곳에 올 때에도, 자신을 망연히 바라보는 아버지에게도 그렇게 말했었다.

이런 고통에 굴복하지 않고 반드시 돌아오겠다고 말이다.

"…저기."

뒤에서 목소리가 들렸다.

흠칫 하고 몸을 굳힌 소하는 이윽고 황급히 고개를 돌렸다.

그곳에는 유원이 서 있었다.

들고 있는 조그마한 바구니 안에는 밥덩이 하나가 놓여 있는 모습이 보였다.

밥 시간이 될 때까지 소하가 보이지 않는 것에 영보는 굳이 그에게 밥을 전해주기를 부탁했던 것이다.

백영쌍랑이 죽일 듯 노려보긴 했지만 유원 역시 소하에게 도움을 받았었기에 흔쾌히 그것을 수락했다.

천천히 다가오는 유원의 모습에 소하는 황급히 눈두덩이를 비볐다. 혹시나 우는 것을 들켰으면 어쩌나 하는 생각에서였다.

하지만 유원이 모를 리가 없었다. 잠시 소하의 빨개진 눈을 바라보던 그는 이윽고 한숨을 쉬며 바구니를 넘겨주었다.

"여기서 먹고 가."

그대로 나갔다간 다른 이들이 다 눈치챈다는 뜻이였다. 소하는 민망해짐을 느끼며 고개를 끄덕였다.

유원은 소하가 밥덩이를 우물대는 모습에 몸을 슬쩍 벽에 기댔다.

"아까는 제대로 말을 못했는데."

소하의 눈이 옆으로 향했다. 젖은 옷을 제대로 말리지도 못한지라 유원은 꾀죄죄한 몰골이 되어 있었다.

"네가 아니었으면… 나는 그들에게 모욕을 당했을 거야."

목소리에는 희미한 감사가 서려 있었다. 소하는 그것에 손을 들어 뺨을 긁었다.

"괜찮아. 내가 나선 거니까."

그보다 소하에게는 한 가지 의문이 더 있었다.

"그런데 너……."

"흠, 어린아이니까 아무래도 목소리가 앳된 게 아닐까?"

"하여간 여자 만나본 적도 없는 놈들이 꼭 그런 생각만 해요. 야, 이 인간아. 잘 들어봐."

갑작스레 어디선가 들려오는 목소리에 소하와 유원의 눈이 살짝 가늘어졌다.

두 명의 시선은 그들이 있는 공간 구석에 있는 구멍으로 향해 있었다.

"봐. 한 놈은 저번에 그 꼬마인데, 다른 애는 다르다니까."

"흐음… 아무래도 동자들이다 보니 본인은 제대로 선별할 수가 없군."

유원이 손가락을 들어 올려 구멍을 가리키는 것에 소하 역시 모르는 척 고개를 갸웃거려 보일 뿐이었다.

"갑자기 목소리가 안 들리는데? 간 거 아냐?"

"어허! 이 몸의 신통한 귀로 듣기에는… 이리로 가까워지는 것 같은데."

소하와 유원은 구멍의 가까이에 서며, 은은히 울려오던 목소리를 다시금 기다렸다.

하지만 이미 잠잠해진 뒤였다.

"저기."

소하의 목소리가 울렸지만 여전히 침묵만이 감돌고 있었다. 두 명의 눈이 더욱 신기하다는 듯 그 구멍으로 향했다.

"다 들렸어요."

"하여간 이놈의 영감아! 네가 다 들키게 큰 소리로 떠들어대니까 그러지!"

"허어, 어찌 그게 나의 잘못인가. 마(痲) 노인이 너무 몰입한 탓이 아니겠는가?"

우당탕 소리가 들려온다. 귀를 기울이고 있던 유원과 소하는 잠시 서로를 돌아봤지만, 이 구멍 안에서 들려오는 소리가 대체 무엇인지에 대해서는 알지 못했다.

"저, 누구신지……."

유원의 물음에 구멍 속에서 다시 목소리가 들려왔다.

"우리? 우리야 혈중노인(穴中老人)들이지."

무슨 뜻일까? 소하는 잠시 고개를 갸웃거렸다.

구멍 속에 들어 있는 노인이란 뜻. 말 그대로의 의미였다.

"거기도 감옥인가요?"

"여긴 혈천옥(血舛獄)이란 곳이란다."

소하는 구멍 속에서 대략 세 명의 목소리가 섞여 들리고 있다는 것을 깨달았다.

괴팍하고 격식 없는 노인, 그리고 아이처럼 순진하게 말을 하는 노인, 그리고 마치 도사처럼 격조 있는 말을 하는 노인 한 명으로 말이다.

"저기, 저기!"

구멍 속에서 들려오는 목소리. 그것에 소하는 찜찜한 표정을 짓다 이내 응답했다.

"네?"

"너랑 얘기하던 애. 여자야?"

그것에 유원의 눈이 동그랗게 변한다.

소하는 아까 손에 느껴졌던 부드러운 감촉을 떠올려 보았다. 물에 젖어서 잘 몰랐지만, 그건 분명…….

더 떠올리기 전에 소하는 얼른 고개를 흔들어 잡념을 날려 버렸고, 이내 조용히 답을 했다.

"아마 그런 것 같은데요."

"역시! 봐! 내 귀가 아직 안 죽었다니까!"

"허어. 정말 신통하군."

괴팍한 목소리의 노인이 한참 동안 자신의 청각에 대해 자랑하는 내용을 듣던 소하는 이내 한숨을 폭 쉬었다. 유원이 옆에서 엄청난 표정으로 그를 바라보고 있었기 때문이었다.

"어, 어떻게……."

만져보니 그렇다고 말했다간 아까 전에 봤던 쌍랑의 발차기를 자신이 얻어맞을 수 있었기에 소하는 어물쩡 이야기를 넘겼다.

"그냥 그렇게 느꼈었는데. 맞나 보네."

"윽……."

유원은 인상을 팍 찡그렸다. 이런 식으로 자신의 남장을 들킬 줄은 몰랐다.

백유원(栢裕愿)은 백영세가의 막내딸이었지만, 가문의 적자이자 후계자인 백류영(栢留榮)을 대신해 철옥으로 잡혀온 신세였다.

"계집애까지 잡아오다니, 월교 놈들… 이제 진짜 맛이 갔구만."

"하루 이틀인가."

자기들끼리 또 중얼거리기 시작하는 것에, 소하는 조심스레 그 구멍에 대고 물었다.

"저… 저번에 절 구해주신 것도 그쪽이시죠?"

그 말에 곧 점잖은 목소리의 노인이 답을 했다.

"그렇단다, 동자야. 무사하다니 무엇보다 다행이구나."

사근사근한 목소리, 소하는 그 분위기 있는 목소리에 저도 모르게 고개를 끄덕였다.

"애써 모은 걸 이런 데 써버리고는, 거 태평하게도 이야기한다!"

괴팍한 목소리가 툭 울리는 것에 소하는 눈을 동그랗게 떴다. 모은 것?

"그건 본인이 동자를 구하기 위해 했던 결정일세. 이 모든 게 다 무언가의 이끌림일 수도 있지 않겠나."

"으아아아! 내 속이야! 야, 구(求) 영감아! 내가 맞다고 좀 말해봐!"

"그, 그래도 살았으면 잘된 거 아냐?"

"으아아아아!"

괴성이 들려온다. 소하는 그들의 대화 속에서, 말투가 격조 있는 노인이 자신을 구하기 위해 무언가를 소비해 버렸다는 것을 알 수 있었다.

"저 때문에, 혹시……."

"내공!"

구멍이 울릴 정도로 목소리가 크게 터져 나왔다. 유원은 깜짝 놀라 그것을 주시했다. 저 정도 깊이의 구멍이라면, 목소리가 닿는 것만으로도 대단한 일이다. 그런데 그 안에서 터져 나오는 목소리는 마치 옆에서 말하는 것처럼 선명했다.

"십오 년 동안 모은 내공을 저 영감이 아무렇지도 않게 네놈을 구하려고 써버렸다는 이야기다! 내가 속이 터지겠냐, 안 터지겠냐!"

"허허, 새옹지마. 새옹지마."

"그놈의 문자!"

노인의 말을 들은 소하는 눈을 크게 떴다.

십오 년의 내공? 지금 이 철옥을 비롯해 시천월교는 누군가를 가둘 때 그들의 내공을 폐한다. 단전이 망가져 버렸으니 내공을 모을 수 없는 게 당연한 일이었다.

"애써애써 경맥까지 끌어 모은 걸 그렇게 날리고도 웃음이 나오더냐! 미친 노인네야!"

"다 의미가 있는 일 아니겠나. 뭐… 마 노인, 자네의 힘도 있고 구 노인의 힘도 있으니."

아마 괴팍한 목소리의 노인이 마 노인인 듯 그는 흐아아 하고 크게 한숨을 내뱉었다.

"말을 말지, 내가! 그래. 아주 여기서 천년만년 살자고."

"뭐, 평소였으면 우리가 이렇게 대화할 일이 있었겠나. 이것도 다 무언가의 인연이겠지."

"크으아아아아! 비꼬는 말을 못 알아듣나 이 영감은!"

구멍 안에서 소란이 일었다. 그것에 당황해 입술을 빠끔대던 소하는 이윽고 조용히 구멍에 대고 입을 열었다.

"어르신."

그것에 모두의 목소리가 조용해졌다.

"십오 년의 내공이라면… 분명, 소중한 게 아니었나요?"

"그래! 아주 더럽게 소중하지! 금지옥엽(金枝玉葉)이야. 금지옥엽!"

"허어, 마 노인도 문자를 잘 알지 않는가."

"네놈이 옆에서 십수 년 동안 종알종알 떠들어대는데 모르겠냐!"

다시 소란스러워지며 말이 다른 데로 흘러갈 것만 같았다. 그러나 잠시 뒤, 목소리가 잔잔한 노인이 입을 열었다.

"무인인 우리에게는 아주 소중한 것이지. 하지만 동자야."

구멍 속에서 들리는 목소리는 마치 숲 속에서 흘러들어 오는 양 청량(清凉)했다.

"사람의 목숨보다 소중한 것이 어디 있겠느냐?"

"아주 설법(說法)에 도가 트셨어."

"현 노인이 원래 그런 걸 좋아하잖아."

킬킬거리는 목소리. 구 노인과 마 노인은 서로 말을 주고받고 있었지만, 아까처럼 방해될 정도까지 큰 목소리를 내진 않았다.

현 노인의 말을 들은 소하의 눈이 흔들렸다.

잠시 흙을 그러쥐는 손. 유원은 소하가 주먹을 움켜쥐는 것에 그의 등을 향해 시선을 옮겼다.

지금 소하의 모습은 그럴 리가 없다며 전신으로 그 말을 부정하고 있는 듯했다.

"…가치가 없는 목숨이라고 해도요?"

음울한 울림이었다.

현 노인이라 불린 자는 구멍을 통해 천천히 말을 이었다.

"세상에 가치가 없는 목숨이 어디 있겠느냐?"

소하는 그러나 망연하게 구멍 안을 응시할 뿐이다.

옆에 서 있는 유원이 보기에 오히려 그는 그 구멍을 밉다는 듯 노려보고 있는 것 같았다.

"동자의 이름이 소하라고 했었지."

그는 이전에 소하와 나눈 이야기를 기억하고 있었다.

잠시 청명한 웃음을 흘린 노인은 이윽고 맑은 목소리로 말을 이었다.

"적어도 본인은 소하 동자가 살아서 다행이라 생각하고 있단다. 어찌 네가 이곳에 오게 된지는 모르겠지만… 적어도 어린 아이가 이런 곳에서 죽는 건 두고 볼 수 없었으니. 마 노인, 안 그런가?"

허허거리며 웃는 소리만이 퍼져 나갔다. 옆에서 한참 구시렁구시렁 말을 늘어놓던 마 노인 역시 못 이기겠다는 듯 중얼거렸다.

"그래. 핏덩이 같은 놈이 벌써부터 죽으면 못 써."

"살았으니 다행이지!"

보이지는 않았지만, 마 노인의 입술이 툭 튀어나와 있을 거라는 느낌이 들었다. 구 노인 역시 옆에서 말을 거드는 것에, 잠시 어깨를 떨던 소하는 이윽고 조용히 중얼거렸다.

"감사합니다."

"그거면 됐다."

웃음소리가 들렸다.

구 노인이라 불린 순진한 목소리의 노인도 기뻐하고 있는 모양이었다.

"잘된 일이지. 마 영감도 마음 풀어."

"에라이 미친놈들. 미친놈들 사이에 있으니까 나까지 미친놈처럼 보이네."

칵 소리가 나도록 침을 뱉은 그는 어딘가로 사라져 버린 모양이었다.

그의 목소리가 사라지자 현 노인은 나지막이 중얼거렸다.

"거기 있는 두 동자들도 이제 움직이도록 해라. 주변에 사람들이 오고 있구나."

그것에 소하와 유원은 어렴풋이 발소리가 들리는 것을 느꼈다.

'저걸 들었다고?'

유원은 당황스러울 수밖에 없었다. 안 그래도 곡괭이로 돌을 내려치는 소리로 시끄러운 작업장이다. 그런데 이 소리를 어떻게 잡아냈다는 것인가?

머뭇거리던 소하의 눈이 다시 구멍을 향했다.

"제가 어찌 보답을 해드려야 할지……."

소하는 진심으로 미안했다. 내공, 그 무형의 기운은 분명 십오 년이라는 기나긴 시간 동안 현 노인이 모았을 힘이리라. 단전을 철폐당한 상태에서 어찌 그럴 수 있는지조차 알 수 없었다.

마 노인이란 자가 말한 대로 그건 정말 바꿀 수 없는 보물이나 다름없었을 것이다.

"허허, 상관없는 일이건만… 정 그렇다면 심심할 때마다 내 말벗이 되어 주겠느냐?"

"네?"

당황할 수밖에 없었다. 눈을 동그랗게 뜬 소하에게 현 노인은 웃음이 섞인 목소리로 말을 이었다.

"본인과 이야기가 하고 싶거든, 언제든 이리로 와서 말을 걸어 주거라. 이곳은 할 일이 아무것도 없어서 무료하거든."

"응! 맞아! 엄청 심심해!"

구 노인까지 맞장구를 치자 현 노인은 다시 웃음을 흘렸다.

"그래준다면 이 노인들은 정말 기쁠 것 같구나. 저기 마 노인도 은근히 바라고 있을 게다."

"이 미친 노인들아! 니들은 다 노망이 든 거야. 노망이!"

멀리서 듣고 있었는지 날카로운 목소리가 들려온다. 허허 웃는 두 노인의 목소리. 그러나 소하는 묻고 싶었다.

그런 것으로 충분한가?

구멍을 바라보는 시선이 떨렸다. 내공이란 것이 무인에게, 하물며 단전을 잃은 이들에게 얼마나 소중한지에 대해서는 익히 알고 있었기 때문이었다.

하지만 그의 말에 무어라 대꾸할 수는 없었다.

"네."

그것에 만족했다는 듯 웃음소리가 멀어져 갔다.

"온다."

유원의 목소리에 소하는 몸을 일으켰다. 어느덧 간수들이 들어와 주변을 살피고 있는 것이다. 의심을 사지 않도록 유원은 바구니를 든 채 앞으로 걸음을 옮겼다.

"저기."

그, 아니, 그녀의 목소리가 조용히 울렸다.

"혹시… 아까 이야기한 건……."

철옥은 남자들의 공간이다.

여성들은 대부분 인질로 잡히는 일이 없었고, 잡힌다 해도 노리개로 쓰이든가 잡혀가 시녀로 사용 당한다. 그렇기에 유원은 자신이 여자라는 사실을 알리고 싶지 않았다.

"걱정 마."

소하는 단호히 답했다.

그의 눈.

유원은 이곳에 올 적에 아무도 믿지 않겠노라 결심했었다.

백영세가는 마굴(魔窟)이었다.

진실을 숨기고 또 숨겨서 가슴 깊숙이 감춰야만 하는 세계. 그렇기에 누군가에게 자신을 들키고 싶지 않았다.

낭패한 표정을 짓고 있던 유원은 그의 눈을 보고 조용히 고개를 끄덕였다.

소하는 빙긋 웃어 보일 뿐이었다.

"사람들이 기다릴 거야."

옆으로 다가오는 유원을 보며, 소하는 능글맞게 중얼거렸다.

"어쩐지, 예쁘고 좋은 냄새가 난다고 했더니만… 여자는 원래 향기가 나나 봐."

그 말에 유원은 손을 매섭게 휘둘렀다.

*　　　*　　　*

저벅, 저벅!

냉옥천주 미리하는 멀리서 걸어오는 철탑(鐵塔) 같은 이를 바라보며 매혹적인 미소를 흘렸다.

넓은 어깨와 마치 아름드리나무 같은 팔뚝, 사람을 잡아 뜯어버릴 수 있을 것만 같은 큰 손.

이자가 바로 철은천주 아회광(雅恢廣)이다. 시천월교의 오대천주 중에서도 가장 잔학하고 무서운 성정을 지녔다는 무인이었다.

"우리 둘뿐인가?"

걸걸한 목소리가 흘러나오는 것에 미리하는 고개를 끄덕였다.

아회광은 거칠게 옆쪽의 의자에 걸터앉으며 눈을 들어 올렸다. 눈썹이 없어 더욱 사이(邪異)해 보이는 인상이다. 미리하는 조용히 그를 바라보다 입을 열었다.

"내가 왜 당신을 부른지는 알고 있겠지?"

"환열심환."

그의 말에 미리하는 미소를 머금었다.

보통 사내라면 단숨에 색정(色情)이 일고 몸이 굳어버릴 정도의 웃음이었지만 아회광은 차갑게 그녀를 외면하며 말을 이었다.

"이미 알려졌다."

그 말에 미리하의 표정이 싸늘하게 굳어버렸다.

"어떻게?"

"부하 단속을 제대로 하지 못했군."

씩 웃는 아회광의 얼굴에 미리하의 표정에 냉막한 살기가 덧씌워졌다.

자신의 부하 중 누군가가 환열심환에 대해 누설한 것이 틀림없었다.

주변에 싸늘한 기운이 감돈다.

미리하가 가진 내공이 은은하게 반응하기 시작한 것이다.

"소교주(小敎主)가 눈치를 챘지."

미리하의 미간이 슬쩍 떨렸다. 그건 정말로 좋지 않은 일이었다. 환열심환이라는 물건에 대해서는 최대한 숨겨두고 싶었기 때문이었다.

"어차피 네가 먹어도 음기(陰氣)가 중화될 뿐일 텐데?"

아회광의 물음은 옳았다. 환열심환에 대해 알려진 것은 얼마 없지만, 그것은 극양(極陽)의 힘을 가진 영약이다. 실제로 가까이 가기만 했는데도 강렬한 열기를 발산하더니 이내 폭발해버렸지 않는가.

의자에 앉은 채로 침중한 표정을 유지하던 미리하는 서서히 다리를 바꿔 꼬며 중얼거렸다.

"내가 가지려는 것이 아니야."

그녀는 속이 거의 다 비칠 정도로 흰 옷을 입고 있었다. 집 안에서나, 그것도 아주 간단하게 착용할 정도인 옷들, 실제로 그녀의 길쭉한 다리나 흰 팔은 대부분 드러나 있는 상황이었다.

아회광은 그것에 속으로 혀를 찼다. 그녀가 익힌 무공인 혈음매화는 색정을 이용해 상대를 억압한다. 만약 그녀를 잘 아는 아회광이 아니라 다른 자였다면 당장에 그녀를 덮치려 들었을지도 모른다.

그러면 기다리는 것은 차디찬 칼날뿐이겠지만 말이다.

"소교주에게 주고 싶지 않나 보지?"

"아무리 이름뿐인 소교주라 해도 그는 시천마 님의 혈계(血係)니까."

아회광은 픽 웃음을 지었다.

"그렇다 해도 그는 자격이 없지. 시천월교의 주인은… 오로지 그분뿐이다."

미리하는 불안한 시선을 옆으로 옮겼다. 저 무공광(武功狂)에게 자신의 걱정을 말한다 해도 통하지 않을 것이라 확신했었다.

'다른 천주들이 연관되어 있을 수도 있겠군.'

환열심환을 노리고 소교주가 철옥에 방문한다면, 미리하는 어떻게 해서든 그것을 소교주의 손에 들어가지 못 하게 막아야만 했다.

"만검천주(晩劍天柱)도 동행한다고 하더군."

'역시나.'

미리하의 인상이 단박에 찌푸려졌다. 당연한 일이었다. 아회광 역시 한숨을 내뱉고 있었다.

"그놈은 소교주를 지나치게 끼고 도니까."

"…난감한 상황이네."

미리하의 말에 아회광은 어깨를 으쓱였다. 어차피 현 시천월교의 천주들은 모두 이 시천월교에 큰 애정을 가진 자들이 아니었다.

그저 시천마라는 공전절후(空前絶後)의 고수 밑에 모여든 것일 뿐이다.

"뭐, 아무래도 좋아."

아회광은 고개를 젖히며 웃었다.

이가 드러나도록 웃는 모습을 보아하니 그는 지금 무료한 이 상황이 변화하는 것이 즐거운 모양이었다.

"이걸로 무언가가 바뀌겠지."

미리하는 그런 그를 잠시 노려본 뒤, 이내 슬쩍 눈을 돌렸다.

'서둘러야겠군.'

그녀는 그녀 나름대로 이 사태에 대한 조치를 취해야만 했다.

第三章 소천마

"뺨에 문신을 새길 거라면, 그 모양은 절대 추천하지 않으마."

소하가 불퉁스레 영보를 쳐다보자, 영보와 독우는 낄낄거리면서 견딜 수 없다는 듯 손가락으로 소하의 부어오른 뺨을 가리켰다. 다음 날이 되자 더 심하게 자국이 남았던 것이다.

"어떻게 맞으면 손가락 모양까지 다 남았냐? 그것도 재주다. 재주."

소하의 뺨이 마치 떡이라도 되는 양손으로 잡아 늘이고 있는 영보에게 소하는 부루퉁하니 대답했다.

"놀리지 마세요."

다들 히죽거리고 있는 가운데 유원은 그 이후에 화가 나기라도 한 건지 이쪽으로 전혀 접근하지 않고 있었다.

'거 칭찬을 해줘도…….'

여자들은 정말 모르겠다는 형의 말이 새삼 정답이라는 것을 다시 느끼는 소하였다.

이전부터 소하의 형인 운현은 수려한 외모와 품위 있는 행동으로 뭇 여성들에게 인기가 많았지만, 왜 정인(情人)을 가지지 않느냐는 소하의 질문에 한 가지 답만을 할 뿐이었다.

"진정으로 마음을 품게 된다면, 행동을 서두를 수가 없더구나."

그러면서 머쓱하니 웃을 뿐이었다.

운현의 다정한 미소를 떠올리던 소하는 이윽고 멀리서 들리는 소리에 몸을 일으켰다.

걸어오는 오균의 모습이 보였다. 그런데 이전과는 달리, 시끄럽지도 않을뿐더러 오히려 좀 위축되어 있는 듯했다.

"뭐지?"

영보를 포함한 다른 이들도 위화감을 느꼈는지 고개를 갸웃거리고 있었다.

주춤주춤 뒤를 의식하며 도착한 오균은, 이윽고 애써 큰 소리로 고함을 질렀다.

"월교천세!"

그러자 수인들도 일제히 소리를 질렀다.

"월교천세!"

만족스레 주위를 둘러본 오균은 재빨리 고개를 돌렸다.

"이곳이 철옥입니다."

"더럽군."

퉁명스런 목소리가 들렸다.

고개를 냉큼 숙인 영보는 즉시 손을 휘둘러 소하와 다른 사람들도 고개를 숙이도록 만들었다.

갑자기 무엇일까? 소하가 궁금해하자, 영보는 조심스럽게 접근해 그에게 속삭여 주었다.

"척 보니까, 지위가 높은 놈이다. 찍소리 말고 기어."

무영도자라고 불렸던 영보는 사람의 행동이나 말에 담긴 어조를 통해 상황을 잘 판별할 수 있었다.

평소라면 세상 모두가 자기 아래인 양 굴던 오균이 수그리는 모습, 그리고 뒤쪽에 보이는 수준 높아 보이는 무인 다섯 명의 모습에 영보는 확신할 수 있었다.

누군가 대단한 지위의 인물이 이곳에 방문한 게 틀림없었다. 괜스레 눈에 띄어 횡액(橫厄)을 치르느니 조용히 있는 게 제일이었다.

소하도 얼른 바닥으로 시선을 내리깔았지만, 하지 말라면 더 하고 싶어지는 게 사람의 본능인지라 자신도 모르게 슬쩍슬쩍 앞을 훔쳐보았다.

그런 소하의 눈에 보인 것은 보라색 장포를 길게 늘어뜨린 소년의 모습이었다. 근골도 다부지고 화려하게 꾸며 그 또래의 소년 같지 않아 보였다.

그는 고개를 돌려 주변을 둘러보다 입을 열었다.

"이게 다냐?"

"저, 저놈들은 평소에는 여기 가두어 놓는 게 원칙인지라……."

오균은 식은땀을 흘렸다. 눈앞에 있는 자가 어떤 자인지 확실하게 알았기 때문이었다.

그는 시천월교의 소교주이자, 이 월교에서 장로와 오대천주를 제외하고 가장 높은 자리에 있는 인물이었다.

혁월련(赫越連).

시천마 혁무원의 피를 이은, 명실상부한 그의 후계자라고 할 수 있는 인물이었다.

"세상에."

소하를 따라 조심스레 앞을 훔쳐보던 영보의 표정이 하얗게 질렸다. 그는 즉시 소하의 뒤통수를 붙잡아 눌렀고, 흙에 코를 박게 된 소하가 인상을 찌푸리자 그는 다급히 속삭였다.

"만검천주다."

그 말에 옆에 있는 자들 역시 술렁였다.

혁월련의 뒤에 서 있는 키가 큰 남자, 호리호리해 마치 장대를 연상시키는 모습이다.

마(麻)로 만든 가벼운 옷에 혁대 하나만을 둘렀을 뿐이지만, 그의 존재감은 그곳에 있는 모든 이를 집어삼킬 정도였다.

허리춤에 매어진 것은 길쭉한 검. 저것이 바로 만검천주의 상징적인 검이자 시천월교의 동란 때 수많은 무인의 피를 마셨다는 명월(明月)이었다.

"무시무시한 놈이야."

영보의 말에 소하는 즉시 고개를 끄덕이며 개구리처럼 엎드렸다. 저런 자들의 눈에 들어서 좋을 일은 없었다.

혁월련은 곱상한 외모를 가진 자였다. 비정상적으로 피부가 희고 눈매가 날카롭다. 오균은 그런 그의 시선을 마주하는 것조차 황공하다는 듯 얼른 고개를 숙였다.

수인들을 둘러보는 혁월련의 눈, 그는 이윽고 피식 웃음을 지었다.

"불쌍한 꼴들이군."

아무도 그에 답을 하지 않았다. 분했지만 혁월련의 위치와 그들의 위치는 명백한 차이가 있었기 때문이었다.

아무도 답이 없자 혁월련은 조금 흥이 가셨다는 듯 고개를 돌렸다.

"성(省) 아저씨, 움직이죠."

그것에 만검천주 성중결(省衆潔)이 나직이 입을 열었다. 그의 목소리는 아무런 음정의 변화가 없고 평이해 마치 그가 말하는 것 같지 않다는 느낌을 줄 정도였다.

"냉옥천주는 어디에 있지?"

오균은 그 말에 소름이 돋는 것을 느꼈다.

만검천주는 계략을 꾸미는 것을 싫어하며 철저하게 직선적으로 행동하는 자였다.

여기서 얼버무리며 말을 돌렸다간 자신이 반으로 잘려 나갈 수도 있다는 사실을 알기에, 그는 다급히 입을 열었다.

"아, 안내해드리겠습니다."

성중결은 고개를 끄덕인 뒤 혁월련에게 눈짓했다. 그리고 그들이 움직이던 중, 혁월련은 눈에 띄는 무언가를 보았다.

그것은 유원이었다.

모두 고개를 숙인 가운데 그녀만이 눈을 치켜뜨고 혁월련과 만검천주를 노려보고 있었다.

잠시 흥미롭다는 눈빛이 감돌았지만, 이내 소하가 슬금슬금 옆에서 기어와 유원의 목을 잡고 흙에 처박는 바람에 흥미가 가셨다.

"흠."

성중결은 유원의 뒤쪽에 부복하고 있는 쌍랑을 바라보았다. 그들은 그의 기억 속에 존재하는 자들이었다.

"백영세가도 영락(零落)했군."

성중결이 조용히 꺼낸 말에 혁월련은 비웃음을 지을 뿐이었다.

*　　　*　　　*

"뭐, 뭐하는 거야!"

그들이 전부 사라진 뒤 유원이 흙투성이인 얼굴을 들어 올려 소리를 빽 질렀다. 애써 남자인 척 목소리를 바꾸긴 했지만, 소하는 시끄러운 외침에 윽 소리를 내며 대꾸했다.

"눈을 번쩍번쩍거리면서 쳐다보고 있으니까 그러지!"

유원의 얼굴에 불쾌함이 어렸다. 뺨과 이마를 온통 뒤덮은 진흙을 닦는 그 모습에 뒤쪽에서 곽위가 조용히 입을 열었다.

"저 아이의 말이 맞습니다."

그 말에 유원은 당황했다. 자신의 편인 곽위가 갑자기 소하의 말을 지지할 줄은 몰랐던 것이다.

"만검천주는 저희를 알아본 모양입니다."

내공이 있을 적 그들은 맨 앞에 나서서 시천월교와 싸웠던 고수들이었다. 그렇기에 만검천주와도 면식이 있었던 것이다.

"네가 그러면 저 분들, 여기 사람들도 다 위험하잖아."

유원은 입술을 깨물었다. 소하의 말은 사실이었다. 만약 잘못되었다면 그녀는 물론이고 그녀를 따르는 쌍랑까지 피해를 입을 수도 있었던 일이었다.

잠시 인상을 쓰고 있던 그녀는 이윽고 입을 열었다.

"네 말이 맞아."

그것에 곽위의 표정이 조금 변했다.

"미안."

"아냐."

그러고 보니 어느 순간부터 소하와 유원이 친해진 듯 자연스럽게 대화하고 있는 것이 아니겠는가. 정욱 역시도 뒤쪽에서 묵묵히 그들을 바라보고 있었다.

소하는 씩 웃은 뒤 유원의 어깨를 한 번 두드려 주고는 일어섰다.

"밥 받아올게."
이내 배식 때문에 주위에 아무도 없어지자, 곽위는 조용히 입을 열었다.
"유원 님."
"알고 있어. 실수한 것뿐이야."
그 말에 곽위는 은은한 미소를 머금었다.
"질책하는 것이 아닙니다."
유원이 고개를 돌리자, 곽위는 소매로 그녀의 얼굴을 닦아주었다. 흙이 가득한 얼굴, 유원도 피하지 않고 그 손길을 받아들였다.
어릴 적부터 그녀를 업다시피 키우던 이가 바로 곽위였다. 그렇기에 그녀가 잡혀간다는 말을 듣고는 바로 나서서 그녀를 돕겠다 말했던 것이다.
"사과한다는 건 대단한 용기가 필요한 일입니다. 아가씨는 방금… 그걸 해내신 것이죠."
"내가 잘못했다 생각해서 말한 거지 다른 일이었다면 다시 뺨을 때려주었을 거야."
"하하."
곽위는 웃었다. 유원이 뾰로통하니 인상을 찌푸리며 그런 말을 하는 게 즐거웠던 것이다.
"왜 웃지?"
유원의 물음에 곽위는 소매를 거두며 답했다.
"성장하는 유원 님을 보는 게 좋아서 그렇습니다."

그 말에 유원은 고개를 돌릴 뿐이었고 곽위는 빙긋 웃음을 지은 채 소하가 가져오는 밥덩이를 받아 들었다.

"고맙구나."

소하가 악의를 가지고 유원에게 다가오지 않았다는 사실을 알기에 그는 조금 마음이 놓일 것만 같았다. 오히려 이 철옥 안이 더 편한 것은 무엇 때문일까?

어쩌면 틈만 나면 서로를 잡아먹으려 하는 암투(暗鬪)가 벌어지던 백영세가에서 멀어졌기 때문일지도 모른다.

"다만."

뒤쪽에서 목소리가 들렸다. 가만히 사태를 보고 있던 정욱이 나선 것이다.

"너무 가까이는 지내지 마십시오."

유원이 여자라는 것이 들킨다면 문제는 심각해진다. 철옥의 수인들은 모두 남자다. 그녀를 범하려 드는 건 물론이고, 간수들마저 유원에게 손을 뻗칠지도 모르는 일인 것이다.

내공이 있다면 모두 해결될 일이지만, 지금 정욱과 곽위는 내공이 있는 간수들을 상대할 수 없는 몸이었다.

"응."

유원은 밥덩이를 입에 가져다 대며 그리 중얼거렸다. 애초에 이리로 오게 된 것도 다 그녀의 의지 때문이었다.

소하가 멀리서 영보에게 밥덩이를 들고 가다 엎어지는 모습이 보였다.

밥을 통째로 흙에 떨어뜨려 울상을 짓는 소하를 보며 영보가 웃기다며 배를 잡고 폭소를 터뜨리는 바람에 더 비참한 표정이 되어 있었다.

"풋."

자기도 모르게 나온 웃음에 유원은 흠흠 소리를 내며 억지로 웃음을 집어넣었다.

*　　　*　　　*

"오셨습니까."

미리하는 조용히 목례했다. 앞에 서 있는 자들은 모두 혁월련과 그를 비호(庇護)하는 세력들이다.

'전부 끌고 왔군.'

지금 혁월련은 자신의 세력을 위시하기라도 하듯 만검천주와 그를 따르는 세 명의 무인까지 대동했다. 단순히 같은 월교의 천주를 만나는 상황이라면 절대 일어날 수 없는 일이었다.

혁월련의 눈이 가늘어졌다. 그녀의 태도는 명백히 월교의 소교주에게 대할 만한 것이 아니었다.

"냉옥천주."

성중결의 입이 조용히 열렸다.

"예를 갖춰라."

미리하의 눈가가 살짝 치켜 올라갔다. 어둠 속에서 흔들리는 인영(人影)들. 냉옥천주의 본거지 안에서 그런 말을 한다는 건 천주간의 의(義)를 어기는 것이나 다름없었다.

하지만 분명 냉옥천주의 태도가 불손한 것도 사실이었다. 그녀는 가만히 만검천주를 바라보다 이윽고 입을 열었다.

"갑작스런 내방(來訪)인지라 당황할 수밖에 없었네요."

혁월련의 눈가가 부르르 떨렸다. 그녀는 대놓고 소교주인 혁월련을 무시한 채 만검천주에게 말하고 있었던 것이다.

"불안한가?"

성중결의 목소리는 낮고 깊다. 마치 동굴 속에서 울려 퍼지는 듯한 그 음성에 미리하는 흠 하고 숨을 내뱉었다. 그의 허리춤에 매어 있는 명월의 모습.

'검은 하나만 들고 왔군.'

그의 진정한 힘은 검의 개수가 늘어날수록 드러난다. 아마 하나만 매고 온 것은 저 완고한 자 나름대로의 성의일 것이다.

"소교주님 역시 성장하셨군요. 무공의 성취가 느껴집니다."

미리하의 말에 혁월련은 입술을 짓씹었다.

"대놓고 비웃지 그런가?"

"소교주."

성중결의 은근한 목소리, 그러나 혁월련은 미리하를 노려본 채로 말을 이었다.

"시천마의 후계, 피를 이은 자가 제대로 된 무공도 익히지 못한 반편이라고 말이야."

침묵이 일었다.

미리하는 가만히 혁월련을 바라보고 있을 뿐이었다. 아무 감정도 서려 있지 않은 차디찬 눈. 혁월련은 말을 내뱉고는 깊이

숨을 삼켰다.

"제가 소교주님을 그렇게 생각할 리 없죠. 월교는 소교주님을 위해 존재합니다."

이윽고 흘러나온 그녀의 말에 혁월련은 미간을 찌푸리다 고개를 돌릴 뿐이었다.

성중결은 눈을 들어 뒤쪽의 장막을 향해 말을 걸었다.

"철은천주도 있다면 대답하게."

"좀 더 기다리려 했는데."

아회광은 즉시 걸어 나왔다. 그의 모습에 혁월련은 움찔 하고 어깨를 떠는 모습을 보였다. 오대천주 중에서 가장 혁월련에게 대놓고 불쾌함을 드러내는 것이 바로 아회광이었다.

그는 시천마의 후계자가 제대로 된 힘조차 가지지 못했다는 사실을 인정하지 않았던 것이다.

"안녕하시오. 소교주."

혁월련은 다리를 바르르 떨 뿐이었다. 단단한 어깨, 마치 흙을 구운 듯한 갈색 피부 밑에는 터질 듯한 근육이 자리하고 있었다. 수염마저 숭숭 기른 아회광은 보는 것만으로도 두려움을 불러일으키고 있었다.

그는 떨면서도 빠르게 입을 열었다.

"내가 여기 온 이유를… 알고 있겠지."

미리하는 속으로 한숨을 내뱉었다. 역시, 누군가 정보를 유출하고 있었다.

성중결의 눈, 아회광은 자신을 뚫어지게 바라보는 그 눈에 피식 미소를 지었다.

'조금이라도 다가갔다간 베어버리겠다는 느낌이군.'

성중결에게서 느껴지는 것은 바로 그런 살기였다. 미리하 역시 느끼고 있는 듯, 그녀는 분홍빛 입술을 혀로 핥은 뒤 입을 열었다.

"아직 제대로 된 원인을 파악하지 못했습니다."

"환열심환."

미리하의 눈이 혁월련을 향했다.

'꼭두각시 주제에, 제법 하는군.'

어떻게든 돌리고 돌려 자신에게 환열심환을 달라 말할 줄 알았건만, 뒤에 있는 만검천주를 믿기 때문인지 나름대로 배짱 있게 나서고 있었다.

"그건 월교의 것이지."

"당연히 소교주님에게 진상(進上)할 생각이었습니다. 저희 역시 시천마 님의 무공이… 헛되이 스러지는 건 원치 않으니까요."

빙긋 웃는 모습. 그것에 혁월련은 덜컥 당황한 표정을 지을 수밖에 없었다.

'아직 어린애야.'

미리하는 그 표정 변화로 대충 상황을 파악할 수 있었다.

"빠른 시일 내에 시천무검(始天楙劍)을 볼 수 있겠지요?"

주먹을 꽉 쥐는 모습.

보통 사람이라면 못 보고 지나칠 수도 있겠지만, 미리하와 같이 오감이 날카로운 이에게는 들킬 수밖에 없었다.
성중결의 손이 혁월련의 어깨를 짚었다.
"꼭 그럴 것이다. 그리고 철은천주."
주변의 공기가 술렁인다.
미리하는 순간 하얀 팔에 소름이 돋아 오름을 느꼈다. 성중결의 눈은 아회광을 향하고 있었지만, 그 기운은 전방위로 뻗어 나오고 있었다.
"불손한 눈은 용납하지 않겠다."
"흐흐."
아회광은 어깨를 으쓱해 보였다.
"나야 상관없지. 만검천주의 그 잘난 팔엽(八葉)을 볼 수 있다면……."
덤벼 보라는 눈치다. 가만히 그를 바라보던 만검천주의 손이 느릿하게 검병(劍柄) 위로 올라갔다.
살기가 검처럼 예리해진다.
"철은천주, 그만해."
"그러지."
고개를 끄덕이며 한 걸음 물러서는 모습에 성중결 역시 바로 기운을 거두었다.
혁월련은 새파랗게 질린 표정을 숨기려 애써 태연한 척하고 있을 뿐이었다.
미리하는 그를 바라보며 유혹적인 미소를 지었다.
"소교주님, 조금만 더 기다려 주시지요. 아직 강렬한 화기를 제어할 수가 없으니 말입니다."

환열심환은 존재하는 것만으로도 주변을 모두 불태울 수 있는 힘을 지닌 극양의 영약이다. 물론 이제까지는 봉인이 되어 있었던 것 같지만, 모종의 이유로 풀려 버린 듯했다.

"그, 그러지."

결국 물러나는 수밖에 없었다. 혁월련이 성중결과 함께 방을 나서자 미리하는 피식 웃으며 몸을 의자에 묻었다.

"그대로 넘겨줄 건가?"

"만검천주가 와버렸는데 어쩌겠어. 여기서 괜히 장로들의 화를 사기도 싫고……."

그녀는 슬쩍 눈을 돌리며 중얼거렸다.

"가장 궁금했던 걸 간접적으로나마 확인했으니까."

"확인?"

아회광의 성격으로는 사소한 대화에서 정보를 잡아내지 못한다. 그의 물음에 미리하는 미소를 지었다.

"현재 소교주에게는… 시천마 님의 무공이 없는 것 같더군."

*　　　*　　　*

"그 빌어먹을 년!"

혁월련의 고함에 성중결은 조용히 눈을 감았다.

아까 전의 모습으로 천주들의 입장은 어느 정도 파악할 수 있었다.

"침착하십시오. 소교주."

"성 아저씨도 봤잖아요. 저 연놈들이 날 무시해대는 걸!"

주먹을 부르르 떨며 말하는 것에 성중결은 차갑게 답할 뿐이었다.

"그들은 힘에 의해 모인 자들, 당연한 일입니다."

시천월교에 오로지 그들의 교리(教理)를 믿어 들어온 자는 적다. 모두가 이전 무림에 의해 내쳐지거나 학대를 받던 자들이란 소리다.

혁월련은 이를 갈았다. 자신이 아직 약하기 때문에 그들이 무시한다는 말이나 다름없었다.

"환열심환만 있다면……!"

"내줄 수밖에 없을 겁니다. 그들은 명분이 없으니 말입니다."

성중결은 환열심환 같은 영약들에 아무 흥미가 없는 자였다. 혁월련 역시 그것을 알고 있기에 그를 신뢰하는 것이고 말이다.

'그저…….'

성중결은 포악하게 화를 내며 앞으로 걸어가고 있는 혁월련을 바라보았다.

"그럼, 여기 조금 더 머물러야겠군. 거기!"

"예!"

오균이 황급히 달려오는 모습에 혁월련은 아직 분이 풀리지 않은 얼굴로 중얼거렸다.

"주변을 안내해라. 내 취미를 즐길 터이니."

"알겠습니다!"

혁월련의 성정(性情)을 익히 알고 있는 성중결은 멀어지는 그의 모습에 작게 한숨을 내쉬었다.

'소교주가 그 영약을 제대로 받아들일 수 있을지가 걱정이구나.'

*　　　*　　　*

"의외로 익히는 게 빠르구나. 재능이 있어."

영보의 칭찬에 소하는 히히 웃음을 흘렸다. 옆에서 독우와 몇 명이 언짢은 표정을 짓긴 했지만 말이다.

"애한테 도둑질하는 거나 가르치고, 거 좋은 선생이시다."

"야, 이놈의 자식들아. 이게 다 구명(求命)을 위해 가르치는 거다!"

영보의 맞대응에 독우는 혀를 쯧쯧 하고 찰 뿐이었다. 지금 영보는 소하에게 자신이 사용했던 소매치기술을 알려주고 있었던 것이다.

"이름하야 귀신같고 그림자와 같이 은밀한 손, 귀영수(鬼影手)라는 것이지."

"도둑질하는 손이 귀영수는."

다들 픽픽 웃는 것에 영보는 크으윽 소리를 내었다. 그 역시 소하에게 괜히 이런 걸 가르치기는 싫었지만, 이전 소하가 영보의 손놀림을 단지 본 것만으로 따라했던 것을 기억하고 있었던 것이다.

사람의 허리띠를 당는 순간 잡아 풀러, 허리띠가 빠져나가는 것까지도 눈치채지 못하게 할 정도면 대단한 소질이다.

"넌 좋은 도수가 될 수 있을 것… 아퍼, 인마!"

독우가 에라이 소리를 내며 뒷머리를 때리는 것에 영보는 인상을 잔뜩 썼다.

"애한테 좋은 거 가르친다. 좋은 거 가르쳐!"

그 말에 영보도 할 말을 잃을 수밖에 없었다. 원래라면 소하에게 이런 걸 가르칠 마음은 없었지만, 그때 보여주었던 움직임이 너무도 유연해 제대로 기술을 알려주고 싶어졌던 것이다.

"뭐, 알아두면 다 재산이죠."

소하의 말에 영보는 독우에게 의기양양한 표정을 지어 보이고 있었다.

"봐라, 이놈아."

"으이고."

독우는 툴툴거리면서 뒤쪽을 돌아보았다.

항상 숙 노인이 끙끙대면서 누워 있던 자리는 이제 비어 있었다.

어제 숙 노인은 죽었다.

겨우겨우 배급받은 음식들을 남겨 그에게 주곤 했었지만, 약한 노인의 몸은 오랜 철옥의 생활을 견디지 못한 것이다.

그의 죽음을 발견한 것은 소하였다.

한참이나 말을 잃고 멍하니 앉아 있는 소하를 본 영보는 그의 기분도 살릴 겸 귀영수를 가르치고 있었던 것이다.

소하의 오성(悟性)은 상당히 뛰어났다. 나름대로 여러 방향으로 휘고 뻗는 귀영수의 수법들을 곧잘 따라하고 있었다.

"이거 대단한데."

"그래요? 흠……."

소하는 잘 모르겠다는 듯 고개를 갸웃거렸다. 일찍이 형을 따라 연수검을 수련하려 했던 날, 소하는 운현이 처음으로 자신에게 무거운 표정을 짓는 것을 보았다.

"무공을 배우지 말거라."

내심 고수가 되기를 기대했던 소하에게는 청천벽력 같은 말이었다. 하지만 형의 진지한 눈빛과 아버지 역시 그것을 권유했기에 소하는 순순히 그 말을 받아들였다.

어차피 유가장의 분가에서 자란다면 본가의 그림자에 묻힐 수밖에 없다. 소하는 자신이 운현처럼 대단한 재능은 없다고 생각했던 것이다.

"자, 좀 더 복잡한 걸 보여주지."

그 순간 영보의 손이 마구 뒤엉켰다. 소하는 자신의 앞에 있던 손이 마치 물 흐르듯 유려하게 목 뒤와 명치를 건드리는 것을 느꼈다.

"천일수(闡逸手)라는 건데 내가 내공이 없어져서 제대로는 못 보여주겠지만… 요게 제일 위력이 뛰어나."

"진짜요?"

소하의 못 믿겠다는 시선에 영보는 픽 웃으며 그에게 말했다.

"급소를 맞으면 적은 힘으로도 사람이 죽는 법이지."

그것에 소하의 표정이 조금 굳었다. 영보는 순간 아차 하는 기분이 들었다. 숙 노인의 죽음 때문에 힘들어하는 소하에게 괜한 말을 했다는 생각에서였다.

"무공이란 건 무섭네요."

그 말에 영보는 조용히 뺨을 긁었다.

"뭐, 나라고 해서 무공에 대해 자세히 아는 게 아니다. 알다시피 나는 양상군자지, 무림의 협객(俠客)이 아니거든."

씩 웃으며 말한 영보는 이윽고 손을 들어 소하의 머리를 쓰다듬었다.

"다만 한 가지는 확실하게 알고 있지."

소하의 동그란 눈이 영보를 바라본다. 그것에 그는 웃음을 지은 채 말했다.

"무공이란 건 날카롭고 위험한 칼이야. 쥐는 사람의 손이 베일 수도 있고 휘둘러서 사람을 죽일 수도 있지."

그랬다.

그것이 무공이다. 이 무림에서 모든 것을 관장하는 절대적인 힘의 논리를 이루어낸 존재였다.

"모두 쓰는 사람이 어찌 마음을 먹느냐에 따라 달라진다는 뜻이야."

"쓰는 사람……."

소하는 아직 그 말을 제대로 이해할 수 없었다. 무공은 무섭다. 위험했다. 하지만 한 편으로는 이전 구멍에서 솟구쳤던 무형의 기운들, 돌 벽을 단숨에 가루로 만들던 그 신비한 힘을 동경하기도 했다.

어려운 일이었다.

우우우웅!

멀리서 들려오는 소리, 그것에 영보는 인상을 찌푸렸다.

"대체 요즘 뭘 하고 있는 거지? 월교 놈들."

시천월교는 철옥의 수인들에게 작업을 그다지 많이 부여하지 않고 있었다. 작업시간 동안 이리저리 움직일 수도 있고, 꼬박꼬박 밥도 주니 괜찮긴 하다만, 아무리 그래도 불안한 것은 어쩔 수 없었다.

조금 시간이 지나니 밥을 주러 온 월교의 무인들이 보였다. 여전히 뒤룩뒤룩 찐 살을 흔들어대며 도착한 오균은 이윽고 주변을 둘러보다 손가락을 들어 몇 명을 가리켰다.

"거기 있는 놈들, 따라 나와라."

그것에 의아한 얼굴로 그들이 몸을 일으켰다. 평소 작업은 대다수가 움직이지, 이런 식으로 개개인을 지명한 적은 없었기 때문이었다.

오균은 그저 조용히 그들을 데리고 나설 뿐이었다.

다들 별다른 신경을 쓰지 않았다. 소하 역시 유원에게 밥덩이를 나눠주고 자연스럽게 몇 마디 대화를 나눈 뒤 다시 영보와 독우가 있는 자리에 앉은 터였다.

그런데.

"으아아아아악!"

비명이 들렸다.

그리고 뒤이어 들리는 짖는 소리.

무언가가 울부짖고 있다.

비명이 그 속에서 뒤섞이며 맴돈다.

"이게 뭐……."

놀란 영보는 즉시 일어서며 귀를 기울였다. 곽위와 정욱 역시 인상을 찌푸리며 그곳에 신경을 집중하고 있었다.

비명은 계속해서 들렸다. 이윽고 마치 소리가 사라진 것처럼 잠잠해졌을 때, 영보는 인상을 가득 찌푸린 채로 중얼거렸다.

"아까 데리고 나간 놈 목소리였는데."

소하 역시 절로 불안한 기분이 들 수밖에 없었다. 이후 들려온 것은 쩝쩝거리는 소리와 무언가가 콧바람을 들이마시는 소리였다.

철옥 안에 무거운 침묵이 어렸다.

마치 그것은 이제부터 일어날 일들이 어떨 것인지에 대해 말해주는 것만 같았다.

*　　　*　　　*

나간 이들은 돌아오지 않았다.

하루마다 들려오는 비명 소리 그리고 알 수 없는 무언가의 숨소리만이 진득하게 모두의 머릿속을 채울 뿐이었다.

소하는 영보가 긴장하는 모습을 보았다. 그는 눈치가 빠르다. 무언가를 느낀 것이 아니었을까. 영보는 소하에게 절대 망동(妄動)하지 말고 철저히 숨어 있으라 말했다.

혹시나 오균을 비롯한 자들의 눈에 띄지 말라는 뜻이었다. 소하는 순순히 그것을 받아들였고, 지금은 밥덩이를 든 채 안쪽으로 향하고 있었다.

"엇차."

자리에 턱 주저앉은 소하는 바닥에 뚫려 있는 구멍에 대고 조심스레 말을 꺼냈다.

"계세요?"

"우리는 언제나 이곳에 있지."

현 노인의 목소리가 들려왔다. 그의 목소리에는 마음을 편하게 만들어주는 힘이 있었다.

"그런데… 이렇게 대화하면 주변에 들리지 않을까요?"

"원래라면 우리 대화가 들릴 만한 거리가 아니란다. 내공을 사용해 네게만 전달하고 있으니 염려하지 않아도 된다."

듣자 하니, 세 노인들은 각자의 내공을 사용해 소하에게 말을 전달하고 있었던 모양이다. 전음(傳音)이라는 것을 몰랐던 소하는 입을 쩍 벌릴 뿐이었다.

"그럼……."

"극히 적은 양의 내공이니 괜찮단다."

그렇다면 다행이다. 씩 웃은 소하는 이내 밥덩이를 씹으며 그들과 이야기를 나누었다.

딱히 중요한 내용들은 없었다. 그저 이들이 갇혀 있던 이후의 무림에 대한 이야기 정도일까.

"구파일방은 그럼… 아예 사라진 게냐?"

현 노인의 목소리에 소하는 영보에게서 들었던 일들을 떠올려 보았다. 구멍을 발견하고 나서부터 소하는 영보에게 무림의 여러 이야기들을 물어보았다. 이들에게 알려주기 위해서였다.

"그렇다고 하더라고요. 소림은 봉문(封門)을 했고."

"허어… 결국 훈도(薰陶) 대사(大師)도 실패한 것인가."

현 노인은 아마도 무림에서 꽤나 유명한 이였던 모양이었다. 그는 무림 대부분의 명숙들을 알고 있는 듯했다. 소하는 그것에 조심스레 물음을 던졌다.

"할아버지들이 잡히기 전엔 어땠나요?"

"뭐, 다 똑같았지. 죽어라 싸웠어."

소하의 질문에 마 노인이 툭 던지듯 답했다.

그 역시 며칠 동안은 소하와 이야기를 왜 나누냐며 투덜댔지만, 요즘은 소하가 오자마자 현 노인의 옆에 다가오는 듯 사소한 투닥거림이 들려오곤 했다.

"특히 마 노인은 엄청났지."

"내 굉명(轟鳴)을 받아낸 놈은 얼마 없었다고."

마 노인의 자랑이 또 시작되는 것에 소하는 슬쩍 웃음을 지었다. 처음 마 노인은 소하를 싫어하는 듯 행동했었지만, 이제는 소하에게 왕년의 자신을 꽤나 자랑하고 있었다.

"할아버지들은 그럼 다 대단하신 분들이었단 얘기네요."

"고럼. 시천마, 그놈의 자식만 아니었다면… 에휴."

"뭐, 패배에는 승복(承服)해야겠지."

현 노인의 말에 구 노인의 목소리가 들려왔다.

"시천마 이야기면 나도 할래! 나도 할래!"

마치 어린아이처럼 말하는 것에 마 노인은 구시렁거리며 욕을 쏟아내는 듯했지만, 현 노인은 솜씨 좋게 구 노인을 구멍 앞으로 데려와 소리를 크게 들려주었다.

"엄청 셌어!"

"……."

소하는 뭐라 답해야 할지 난감해져 순간 음 하고 입을 다물었다.

"구 노인은 신법(身法)으로 승부했었지 않나?"

"맞아! 내가 달리기에서 진 건 처음이었어."

"하긴, 이 영감은 다리만 더럽게 빨랐었지."

툴툴거리는 소리에 소하는 흐음 하고 고개를 끄덕였다. 이야기를 들어보니 시천마라는 자는 무림 각지의 고수를 찾아다니며 그들을 하나하나 꺾어놓았던 모양이다.

"정말 대단한 사람이었네요."

"분하고 속이 뒤틀리면서 열불이 치솟지만, 그건 그렇지."

마 노인의 답에 소하는 허탈하게 웃었다. 확실히 그들은 시천마에게 패배한 뒤 혈천옥이란 곳에 갇혔단 말일까? 지금이야

아무렇지 않게 이야기하지만, 적어도 그 당시에는 참을 수 없을 만큼 분노가 일었을 게 뻔했다.

"뭐, 이야기를 바꿔서… 소하 동자는 그 기술을 잘 배우고 있느냐?"

현 노인의 질문에 소하는 냉큼 입을 열었다.

"네, 귀영수라는 건데……. 대략 이래요."

소하의 설명을 귀 기울여 듣던 마 노인은, 이윽고 툭 한마디를 꺼냈다.

"도둑질이잖아."

"어허, 타인의 무공을 폄하하다니. 너무한 게 아닌가."

현 노인의 말에 마 노인은 속이 부글거리는 듯 되받아쳤다.

"손장난하는 게 무공이냐!"

"뭐… 그래도 재미있어요. 할아버지들이 말씀해 주신 대로."

소하와 이야기를 하던 현 노인은, 믿을 만한 주변인이 있다면 꼭 무공을 견식해 보라고 말했던 것이다. 때마침 영보가 의기소침해져 있는 소하에게 귀영수를 전수해 주었고, 소하는 그 신묘한 소매치기기술을 익힐 수 있었다.

"그래. 그곳이 위험해진다면… 네 스스로 호신(護身)해야만 한다."

그 말에 소하는 고개를 갸웃거렸다. 현 노인의 말은 마치 무언가 위험이 철옥 내로 다가오고 있다는 것만 같았다.

"애한테 말할 거야?"

"소하 동자가 관련되어 있을 수도 있잖나."

현 노인의 답에 마 노인은 끙 하고 소리를 뱉었다.

"그도 그렇긴 하네. 야, 꼬마야."

"네."

소하가 얼른 답하자 구멍 속에서 곧 목소리가 울려왔다.

"거기에 괴물 같은 게 보이더냐?"

괴물?

소하가 고개를 갸웃거리는 동안, 마 노인은 말을 잇고 있었다.

"분명 내 귀에는 혈각호(血角虎) 소리가 들렸거든."

"혈각호요?"

"그래. 월교에서 키우는 짐승인데… 제법 사납고 덩치가 큰 놈들이지. 갑자기 요즘 그놈들이 으르렁대는 소리가 들려서 말이다."

그것에 소하는 눈을 크게 떴다. 멀리서 우당탕 하는 소리가 들려왔기 때문이었다.

"가볼게요."

소하의 말에 마 노인은 큼큼 소리를 내다 말을 이었다.

"조심해라."

소하는 씩 웃으면서 바구니를 들곤 밖으로 나섰다.

바깥에 이르자, 순간 놀라운 광경이 보였다.

철옥 외부에서 무인들 몇 명이 수인들을 잡아 내팽개치고 있는 모습이었다. 한 명은 이미 얼굴을 수없이 얻어맞았는지 잔뜩 부어오른 얼굴로 신음을 토하고 있었다.

"가, 가기 싫어……!"

또다시 다른 이들을 데려가려는 것이다.

이전 들려왔던 소름끼치는 비명을 기억하고 있던 수인들은 다가온 월교의 무인들에게 완강하게 저항했던 모양이었다.

오균은 인상을 썼다.

"귀찮게 구는군."

그 순간 몽둥이를 든 무인 하나가 꽈직 소리가 나도록 수인의 어깨를 강타했다. 비명과 함께 나자빠지는 모습이 보였다.

내공을 두른 몽둥이가 살점을 찢고 뼈를 부쉈다. 붉은 핏물이 넝마 같은 옷을 물들이는 것에 오균은 흥 하고 코웃음을 쳤다.

"너희들은 가축이다."

그것에 모두의 눈이 오균을 향했다.

"그 목숨은 시천월교의 것. 감히 너희들이 우리에게 대들 셈이냐?"

그의 축 처진 눈살이 부르르 떨리는 모습이 보였다. 이내 너구리 같은 얼굴을 일그러뜨리던 오균은 걸음을 옮기며 목소리를 높였다.

"그렇게나 여기서 죽고 싶다면!"

오균의 발이 부들부들 떨고 있는 수인 한 명의 머리 위에 가닿았다.

그리고.

퍼석!

소하는 영보의 팔이 그를 붙잡는 것을 느꼈다.

"보지 마라."

조용히 속삭이는 목소리, 영보의 손은 떨리고 있었다.

수인의 머리를 발로 으깨 버린 오균은 흥 하고 콧방귀를 뀌며 앞을 노려보았다.

"죽여주지."

수인들의 눈에 절망이 어렸다. 단전이 파괴당한 자들은 내공이 있는 무인들을 절대로 이길 수 없었기 때문이었다.

결국 그들은 굴복할 수밖에 없었다. 월교의 무인들이 데리고 나오는 자들을 바라보던 오균은 이내 한 명이 모자라다는 사실을 깨달았다. 방금 자신이 머리를 부숴 버렸기 때문이었다.

주변을 둘러보던 오균의 눈이 이윽고 영보가 데리고 있는 소하에게로 가 닿았다.

"그러고 보니."

그의 입가에 싸늘한 미소가 맺혔다.

"저 꼬마가 있었군."

소하는 오균의 시선이 자신을 향하는 것을 느꼈다. 그와 동시에 월교의 무인들이 소하에게 다가오기 시작했고, 독우는 깜짝 놀라 저도 모르게 입술을 바르르 떨었다.

당황한 눈. 그러나 다른 수인들은 모두 고개를 숙일 뿐이었다. 오균의 눈에 띄어 잡혀가는 것을 피하고 싶었기 때문이었다.

"아이를 데려갈 셈입니까?"

목소리가 들렸다.

오균의 눈가가 일그러진다.

그곳에는 영보가 있었다. 그는 소하를 몸으로 막은 채, 오균을 똑바로 바라보는 중이었다.

"어린아이입니다."

"철옥에 온 이상 누구나 똑같다."

영보는 입술을 꽉 깨문 채로 오균을 바라보고 있었지만, 그는 별 상관이 없다는 표정이었다.

"끌고 와."

그것에 영보는 다급히 한 무인의 팔을 붙들었다. 그러자 그 무인은 강하게 영보를 밀쳤고 내공이 서린 힘에 의해 영보는 튕겨 나가며 땅을 나뒹굴었다.

그의 등이 철창에 부딪쳐 소리가 들렸다.

소하는 귓전에 울리는 그 소리에 저도 모르게 눈을 들어 영보를 쳐다보았다.

소하의 가느다란 팔을 잡아 끌던 무인은 순간 자신의 발목을 영보가 부여잡고 있다는 사실을 알았다.

영보는 간절한 눈빛으로 그 무인을 올려다보고 있었다.

"오균 님."

월교의 무인은 이자를 어찌해야 할지를 물었다. 아까 전 오균처럼 죽여도 되냐는 뜻이다.

그 말에 독우를 비롯한 몇 명의 수인은 부르르 떨며 주먹을 움켜쥐고 있었다. 상황을 지켜보던 오균의 얼굴에 잠시 불쾌함이 어렸지만, 이내 그는 비웃는 표정으로 입을 열었다.

"네가 대신 가기라도 할 참이냐?"

그것에 영보의 눈이 흔들렸다. 멀리서 들리던 짐승의 소리와 고통에 찬 비명들이 다시금 떠오르는 것 같았다.

그의 눈이 소하를 향했다.

"그러겠습니다."

"아저씨!"

소하가 소리를 질렀지만, 이내 독우는 황급히 소하를 끌어 자신들에게로 데리고 왔다.

무인들의 눈은 자연스럽게 오균에게로 향할 수밖에 없었다. 영보가 아무리 억지를 부린다 해도, 오균의 결정 하나면 여기서 영보를 죽이고 소하를 끌고 가도 되는 일이었기 때문이었다.

그것이 철옥의 규율이었다.

"좋다."

오균은 픽 웃음을 지었다.

"제 스스로 죽고 싶다는데, 말릴 이유는 없지."

영보는 무인들에게 팔을 붙잡혀 끌려 나가고 있었다.

다급히 몸부림치던 소하는 독우의 팔을 억지로 걷어내고 멀어져 가는 영보를 보았다.

그의 표정이 보이지 않았다.

그때 영보가 고개를 돌린다.

천천히 드러난 영보의 얼굴은 웃고 있었다.

"건강해라."

그것이 마지막 말이었다.

*　　　*　　　*

성중결은 조용히 앞을 바라보고 있었다.

피범벅인 회랑(回廊)이 보인다. 혁월련의 취미에 희생당한 철옥의 수인들이 흘린 피였다.

멀리서 시체를 물어뜯고 있는 짐승을 본 성중결은 이윽고 조용히 미간을 찡그렸다.

"소교주."

혁월련은 다리를 꼰 채 돌로 만든 의자에 앉아 그것을 내려다보고 있었다. 이곳은 본래 시천월교의 무인들이 비밀리에 무공을 수련하던 폐관(廢館)이었다. 한동안 빈 상태로 방치해 두던 곳을 눈여겨본 혁월련이 여기에 머물 동안 자신의 '취미'를 위한 장소로 사용하고 있는 것이다.

"듣고 있어요, 성 아저씨."

혁월련의 말에 성중결은 여전히 굳은 표정으로 말을 이었다.

"좋은 취미라고는 할 수 없군요."

혈각호는 내공을 가진 이도 함부로 상대하기 어려운 맹수다.

만검천주의 위를 가진 성중결 정도라면 간단한 상대겠지만, 아무런 힘도 없고 무기조차 없는 수인들에게는 절대 건드릴 수 없는 존재나 마찬가지였다.

그런 자들을 공격해 고통스러워하는 꼴을 지켜보는 것이 무슨 재미가 있단 말인가. 성중결은 이해할 수 없었다.

"전 이게 좋은데요."

혁월련은 새하얀 얼굴에 미소를 지어 보이며 중얼거렸다.

"약하디 약한 종자들이… 발버둥 치다 죽는 게 말이죠."

'이전의 소교주와는 너무나도 달라지셨다.'

성중결은 그것이 안타까웠다. 혁무원의 그림자에서 벗어나자 시천월교 내부에서는 서로간의 권력 투쟁이 더욱 심화되었다.

그 과정에서 혁무원의 무공을 잇지 못한 혁월련은 자연스레 도태될 수밖에 없었다. 아직 어린 나이였으나 그는 자신이 무력하단 사실을 지나치게 느껴 버린 것이다.

그렇기에 비뚤어져 버린 모습이 바로 지금의 혁월련이었다. 성중결은 씁쓸하게 그의 뒷모습을 바라보았다.

다음 '놀잇감'이 들어오고 있었다.

'월교 내부에서도 말이 많을 수밖에 없는가.'

다른 곳에서도 이러한 행동을 자행해 왔던 혁월련이다. 힘이 따르지 않는 무도(無道)함은 타인의 미움을 받게 마련이다.

그는 천마(天魔)가 되지 못했다.

어디까지나 소천마(小天魔)에 머무를 수밖에 없었던 것이다.

잔인한 웃음을 짓고 있는 혁월련을 지켜보던 성중결은 이내 몸을 돌렸다.

'하지만 이것 역시 내가 결정한 길이다.'

그는 시천월교에 목숨을 바치기로 결정한 몸이었다.

한 수인이 도망치는 모습이 보인다. 비명을 지르며 달리지만, 어디로도 빠져나갈 수 없는 곳. 이내 그는 달려든 혈각호 하나에게 옆구리를 물어뜯기며 찢어지는 비명을 내질렀다.

그 모습에 즐겁다는 듯 웃고 있는 혁월련을 보며, 성중결은 착잡한 표정을 지었다.

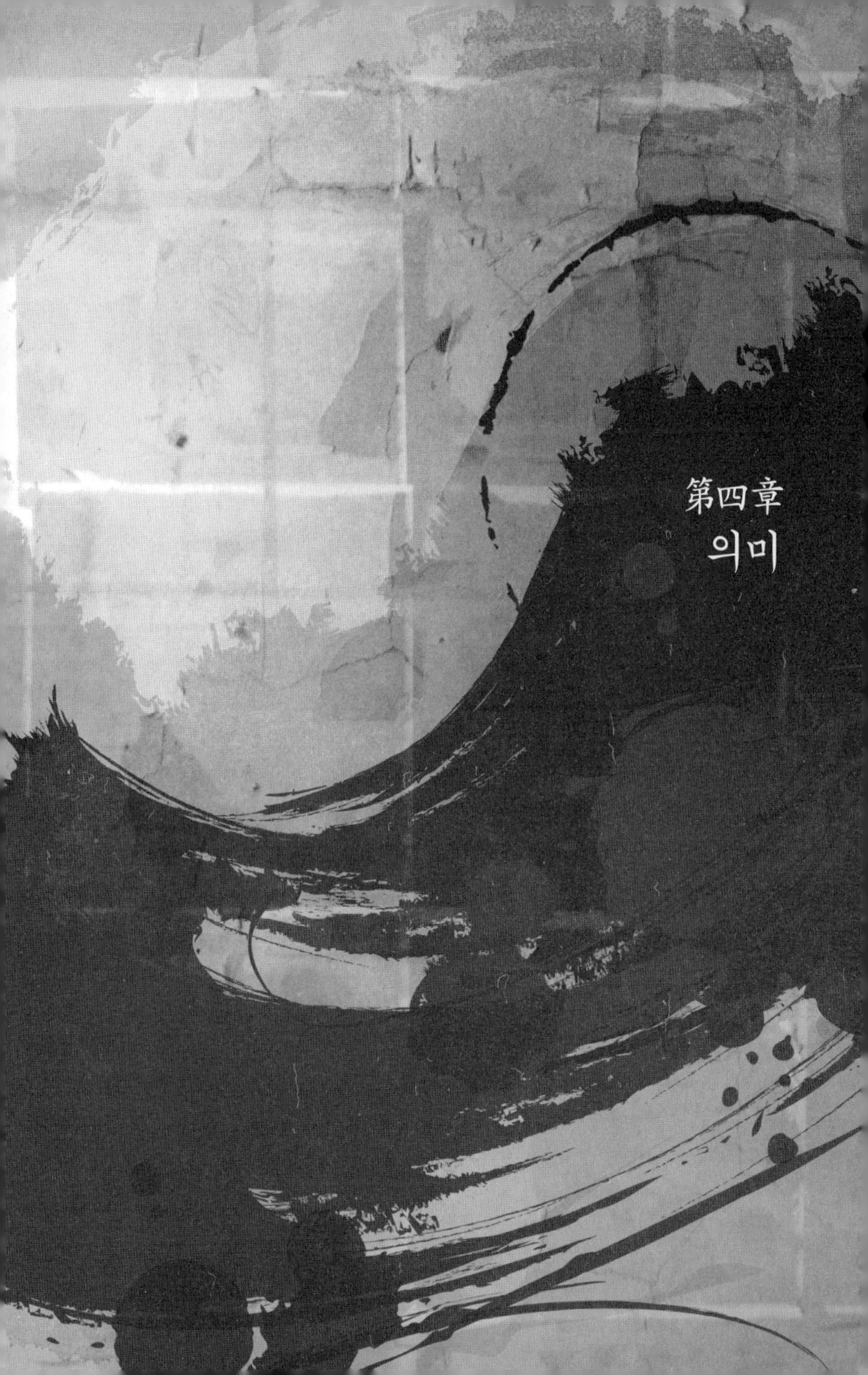

第四章
의미

유원은 조심스레 뒤쪽을 바라보았다.

마치 죽은 듯 구석에 앉아 있는 소하를 걱정하는 것이다. 독우나 다른 수인들 역시 굳은 표정으로 소하를 바라보고 있었다.

소하를 대신해 영보가 수인들과 함께 끌려간 지 나흘이 흘렀다.

이후 다시 평소대로 작업이 시작되었지만, 소하는 한동안 제정신을 차리지 못했다. 그저 지금 일어난 일이 꿈이었으면 좋겠다는 듯 넋을 놓고 있었을 뿐이었다.

함께 끌려갔던 다른 수인들의 살려달라는 외침은 철옥까지 들려 왔지만, 영보의 비명은 아직까지 들려 오지 않았다. 하지만 모두 은연중 그가 살아 돌아올 수 없다는 것을 알고 있었다.

침묵할 수밖에 없었다.

"유원 님."

곽위의 목소리. 그는 그녀가 소하를 신경 쓰고 있다는 사실을 알고 있었다.

분명 안타까운 일이다. 소하에게 있어 영보는 이 철옥에서 가장 의지되는 존재임이 분명했기 때문이다. 그러나 그가 끌려가 버린 것도 어쩔 수 없는 현실이다.

끌려간 수인이 모두 죽으면, 다시 몇 명이 또 끌려가게 될 것이다. 곽위는 적어도 지금 여기에서 유원이 죽는 꼴을 보고 싶지는 않았다.

그러나 그녀는 자리에서 일어섰다.

곽위는 놀라 유원을 붙잡으려 했지만, 이윽고 유원은 고개를 저었다.

"내 뜻대로 할게."

단호한 그녀의 눈을 본 곽위는 결국 손을 거둘 수밖에 없었다. 그는 옆에서 아무 말도 하지 않는 정욱이 픽 웃는 것에 인상을 찡그렸다.

"자네는 말리지 않는군."

"유원 님의 결정이니."

정욱은 침묵한 채 옆을 돌아보았다. 확실히 갑작스레 철옥 내의 분위기는 가라앉아 있었다. 대체 끌려간 자들은 어떤 일을 당하고 있는 것인가.

구석에서 유원이 소하를 붙잡고는 어딘가로 향하는 모습이 보였고 그 모습을 임필정이 빤히 주시하고 있었다.

"……."

그의 눈에 희미한 이채가 흘렀다.

*　　*　　*

소하는 휘청거리며 유원에게 끌려가고 있었다. 팔에 힘을 꽉 준 유원은 입술을 깨물며 그를 데리고 구석으로 향했다.

구멍이 있는 곳.

소하를 옆에 주저앉힌 그녀는 잠시 그를 바라보고 있었다. 여전히 침울한 표정을 짓고 있던 소하는 이윽고 천천히 입을 열었다.

"미안."

그도 알고 있었다. 이대로 있어선 안 된다. 영보는 소하를 대신해서 죽음을 선택한 것이다. 그 의미를 알고 있다면 이런 식으로 행동해서는 안 되는 것이었다.

그러나 어쩔 수가 없다. 머릿속으로 알고는 있지만 견디기가 어려웠다.

유원은 한숨을 내쉬었다. 그녀는 우울한 표정을 짓고 앉아 있는 소하를 그대로 보고 있기가 어려웠다. 이상했다. 처음 느껴보는 감정이었다.

그런 표정을 보고 있자니, 억지로 힘을 써서라도 감정을 풀어주고 싶다는 느낌이 들었다. 이제까지 백영세가에서 제 또래의 친구를 한 명도 사귀어본 적이 없었기에 더욱 그럴지도 몰랐다.

그녀는 구멍을 슬쩍 바라보며 중얼거렸다.

"여자인 나보다는 저분들이 더 나을 것 같았어."

유원은 구멍 가까이로 가서 소하에게 손짓했다. 멍하니 그녀를 보고 있던 소하는 이내 천천히 몸을 움직여 구멍 가까이로 향했다.

"흠… 뭔가 진지한 낌새네?"

"뭐지? 뭐지?"

아무래도 이미 듣고 있었던 모양이다. 마 노인과 구 노인이 서로 수군거리는 것에 유원은 조용히 있던 일들을 설명해 주었다. 최대한 소하의 심기를 거스르지 않도록, 담담히 말이다.

어깃장을 놓으려던 마 노인은 큼 하고 크게 소리를 냈다.

"난 이런 건 어렵다. 현 노인아! 이리로 와라!"

마 노인은 얼른 도망치려는지 현 노인을 불렀고, 곧 현 노인의 목소리가 들려왔다.

"소하 동자에게 그런 일이 있었구나."

그의 목소리는 안타까움이 가득 배어 있었다. 어린아이가 견디기 힘든 일일 거란 생각에서였다. 더군다나 처음 가까운 사람의 죽음을 간접적으로나마 접한다면, 마음속이 복잡할 수밖에 없었다.

"왜 그런 걸까요."

유원은 뒤쪽에서 소하의 목소리가 들려오는 것에 눈을 돌렸다. 소하는 결국 참지 못하겠는지 입술을 짓깨물고 있었다.

"왜 그렇게 한 거죠?"

유원은 아무 말도 하지 못했다. 그저 대답을 기다리며 구멍을 응시할 뿐이었다.

"영보 아저씨는… 아들이 어린 나이에 죽었다고 했어요."

그는 한 명사(名士)가 가진 보물을 훔쳤다. 그러나 그는 보물의 주인이 고용한 수많은 무인과 추적자로부터 도망치는 신세가 되었다. 자신의 가족, 하나 남은 아들과 함께 말이다.

그러나 어린아이가 고된 도망 생활을 견딜 수 있을 리 만무했다. 영보는 그곳에서 자신의 아들이 피폐해져 죽어가는 꼴을 똑똑히 보았다고 했다.

그래서 더욱 소하에게 애정을 보였는지도 모른다.

그게 마음이 아팠다.

"전, 아무것도 한 게 없었는데."

마지막.

헤어지면서 한 말을, 그 눈을 잊을 수가 없었다.

"건강해라."

마치 자신의 아들에게 말하는 양, 영보는 그를 바라보고 있었다.

"누구나가 아픔을 지니고 있지."

현 노인의 목소리는 이전보다 더 가라앉아 있었다. 지금의 상황을 더 진지하게 받아들이고 있다는 뜻이다.

"그가 널 소중하게 여겼다는 사실이 힘든 것이로구나."

소하는 정곡을 찌르는 말에 숨을 삼켰다. 그랬다. 소하는 영보가 자신을 위해 대신 죽으러 나갔다는 그 사실이 괴로웠다.

그에게 그만큼 보답하지 못했다는 생각만이 머리를 떠돌 뿐이었다.

"감정이란 계산으로 이루어지는 것이 아니란다."

현 노인은 씁쓸한 웃음을 흘린 뒤, 이윽고 누군가를 잡아끄는 듯 옷자락을 잡는 소리가 들렸다.

"마 노인도 한 마디 해주게나."

"이, 이거 놔라 영감아! 내가 뭔 말을 해!"

"마 노인이 귀를 쫑긋 기울이고 있던데!"

구 노인마저 그리 말하자, 마 노인은 으으 소리를 내며 구멍 가까이로 다가왔다.

"야, 꼬마야."

"소하예요."

"…고놈 한 마디도 안 질라 하네. 그래, 소하 꼬마야."

마 노인은 말을 하고 난 뒤에도 조금 침묵하다 말을 이었다.

"네가 느끼는 생각은 당연한 거다. 날 대신해 죽어주는 놈이 있으면, 세상에 어떤 놈이 덮어놓고 기뻐하겠냐. 그런 놈이 있으면 당장 대가리를 반으로 쪼개 놔야지."

"어허, 말이 너무 과하지 않은가."

현 노인의 말에 으르렁 소리를 낸 마 노인은, 이윽고 그 말을 무시했는지 다시 거친 어투로 말을 이어가려 했다.

"할아버지들도 그랬나요?"

소하의 목소리에 일순 침묵이 흘렀다.

"무림인들은… 전부 강한 사람이 아닌가요?"

"소하 동자는 힘을 가진 자라면 슬퍼하지 않는다고 생각하는가 보구나."

괴로워하고 아파하는 것 자체가 약한 것이라고 생각했다. 그렇기에 소하는 지금 이 사실에 이렇게나 힘들어하는 자신이 미울 정도였다.

"누구나 똑같단다."

"당연하지."

마 노인이 툴툴대는 소리가 들렸다.

"사람이라면 말이다."

사람.

그 말에 소하는 멍하니 구멍을 내려다보고 있을 뿐이었다.

"그런 일은 누구나 안타까울 수밖에 없지."

모두 동의하는 듯 침묵이 흘렀다.

"가책(呵責)이 남는 건 네가 아직 글러먹은 놈이 아니란 뜻이고, 그런 놈을 위했다는 건 그 영보라는 자도 괜찮은 자였단 뜻이야."

"그 말씀은……."

소하의 답에 마 노인은 으름장을 놓듯 말했다.

"네가 이제부터 어찌 행동하느냐에 따라 그 영보라는 자의 가치가 결정된다 이거다. 네가 지금처럼 질질 짜고 아무것도 바뀌지 않는다면 개죽음이겠지. 하지만……."

옆에서 구 노인도 심하지 않냐며 투닥투닥거리는 것에 마 노인은 흥 하고 코웃음을 쳤다.

"네가 바뀐다면 그건 네 삶, 그리고 네가 바꿔 나갈 사람들의 삶에 있어 큰 의미를 지니게 될 거다."

소하가 눈을 동그랗게 뜬 채 구멍을 바라보고 있자, 현 노인은 음 하고 작은 탄성을 내뱉었다.

"솔직히 이렇게 말해줄 줄은 생각하지 못했다네."

"나도! 이상한 욕이나 할 줄 알았어!"

"이 미친 영감들이! 왜 말해줘도 지랄이야!"

곧 다시 서로 싸우는 분위기로 바뀌어가자, 유원은 허탈하게 웃음을 흘릴 수밖에 없었다. 저들은 오랜 시간 동안 갇혀 있다 보니 서로 꽤나 친해진 모양이었다.

유원은 소하의 얼굴이 조금 나아지는 것을 보았다.

이들의 말이 어떤 식으로 받아들여졌는가는 알 수 없었지만, 적어도 이전보다는 여러 생각을 하게 된 듯했다.

그것만으로도 자신의 기분이 더 풀리는 것만 같았다.

"누가 오고 있군."

"제법 센 놈 하나에… 나머지는 다 고만고만한 놈들."

두 명은 즉시 일어섰다. 철옥의 작업을 감시하기 위해 온 자들이라면 잘못 보여서는 안 되는 일이다.

떠나가는 소하와 유원의 기척에 현 노인은 조용히 말을 이었다.

"아무쪼록 몸을 조심하거라."

"감사합니다."

소하의 목소리, 마 노인은 킁 소리를 내며 멀어져 가고 있는 듯했다.

유원과 소하는 즉시 밖으로 나서, 멀리서 웅성대고 있는 사람들의 사이로 끼어들었다.

그곳에는 흑의(黑衣)를 차려입은 무인들이 서 있었다. 이전에 보았던, 만검천주의 부하들이다.

그리고 소하는 시천월교의 소교주, 혁월련이 자리에 서 있는 것을 보았다.

그는 여전히 경멸이 서린 눈으로 수인들을 바라보고 있었다.

"듣자 하니 저항하는 자들이 있었다고 들었다."

혁월련의 카랑카랑한 목소리에 만검천주의 눈썹이 살짝 실룩였다.

그의 '취미'에 대해서는 딱히 가로막지 않았다. 그가 그런 식으로라도 포악함을 해소한다면 어쩔 수 없다 생각했기 때문이었다.

'이런 자들을 상대로.'

하지만 이렇게 무력을 위시하듯 행동하는 건 마음에 들지 않았다.

혁월련의 붉은 입술이 말려 올라갔다.

“하지만 너희에게는 기회가 될 수 있지.”

곽위는 유원을 뒤로 숨기며 입술을 깨물었다. 혁월련, 시천월교의 소교주란 자에 대해서는 아무것도 알지 못하는 터였다. 그렇기에 곽위와 정욱은 유원을 보호하는 게 급선무였다.

“내가 키우는 혈각호에게서 반 시진만 도망칠 수 있다면 여기서 내보내 주겠다.”

그 말에 오균을 비롯한 자들이 웅성거릴 수밖에 없었다. 갑작스레 꺼낸 말이 그런 것일 줄은 몰랐기 때문이었다.

“소, 소교주님… 그런 말씀을 갑자기…….”

“내가 시천월교의 소교주인데, 누가 내 말에 간섭할 수 있단 거지?”

찌릿 노려보는 눈, 그것에 오균은 입을 굳게 닫을 수밖에 없었다.

좌중이 조용해지자 혁월련은 다시 웃으며 수인들을 바라보았다.

“내 약조하지. 다만 도망치지 못한 자는…….”

혁월련이 눈짓하자, 옆쪽에 있는 무인은 천에 휘감긴 무언가를 집어던졌다.

그것은 날아와 이윽고 땅을 데굴데굴 구른다.

펼쳐지는 모습.

“이건……!”

눈을 부릅뜨는 수인들의 목소리에 소하 역시 아래를 내려다보았다.

천에 휘감긴 그것은 바로 사람의 손이었다.

짐승이 먹다 남겨둔 것인 듯, 절단면은 예리하지 않고 찢겨 나간 것처럼 거칠다.

"보름 뒤 다시 뽑아갈 것이다."

혁월련은 몸을 돌리며 중얼거렸다. 떠나가는 무인들의 모습. 오균은 얼른 흩어지라고 고함을 질렀지만, 수인들은 우두커니 그 손을 바라볼 수밖에 없었다.

"미친놈들."

독우는 멍하니 그리 중얼거렸다.

지금 혁월련이 한 건, 그저 공포를 심어준 것에 지나지 않는다. 살아날 수 있다고? 사람의 몸을 씹어 먹는 괴물들한테서 버티라는 것 자체가 미친 소리다.

하지만 지금 그들이 할 수 있는 일은 아무것도 없었다.

다들 어두워진 표정으로 흩어져 나갈 때, 유원은 다급히 앞으로 달려드는 한 명을 보았다.

소하였다.

독우를 비롯한 모든 수인들이 당황한 표정을 지었지만, 소하는 그 잘린 손이 있는 곳에 도착해 무릎을 꿇었다.

멍하니 그 잘린 손을 바라보았다.

피딱지가 잔뜩 올라앉은 손.

이로 깨물었는지 사람의 잇자국이 시커멓게 남아 있었다.

"자, 좀 더 복잡한 걸 보여주지."

소하는 그 손을 기억하고 있었다.

수십 번이고, 수백 번이고 본 손.

처음으로 철옥에 갇혔던 자신에게 뻗어주었던 손이었다.

"영보 아저씨."

소하는 망연히 그렇게 중얼거렸다.

*　　　*　　　*

"왜 그런 말을 하신 겁니까?"

철옥에서 있던 일에 의문을 가진 만검천주의 물음에 혁월련은 비죽 웃었다.

"그래야 조금이라도 희망을 가지죠."

희망이란 때로는 잔인한 존재다. 아무리 비참한 상황에서도 그들은 살아날지도 모른다는 아주 작고도 희미한 희망만을 붙잡은 채 발버둥 칠 것이다. 그리고 그것이 기어코 불가능하다는 걸 알고 절망하는 모습이 혁월련에게는 너무나도 즐거웠다.

만검천주는 침묵할 수밖에 없었다. 혁월련은 핏빛이 어린 미소만을 지으며, 이후 있을 일들을 기대하는 모양이었다.

"다음에는 더 끔찍한 비명을 질러주겠죠. 그리고… 도착했군요."

눈을 들자, 앞쪽에 있는 어두운 통로 앞에서는 이십이 넘는

월교의 무인이 부복한 채로 혁월련을 기다리고 있었다.

"월교천세! 소교주를 뵙나이다!"

"월교천세!"

모두의 우렁찬 고함에 혁월련은 씩 웃음을 지었다. 맨 앞에 있는 자가 들고 있는 검은 목갑(木匣). 이것이 바로 환열심환이었다.

"대부분 작업은 완료되었지만… 아직은 화기가 강하게 남아 있습니다. 당장 복용하시는 건 어려울 듯합니다."

작업을 진행했던 자가 그리 말하자 혁월련은 만족스레 고개를 끄덕였다. 일단 냉옥천주나 철은천주의 방해 없이 환열심환을 손에 넣은 것만으로도 충분했던 것이다.

만검천주는 눈을 돌려 뒤쪽을 바라보았다.

보이는 것은 어둠뿐이었다.

'천마일통.'

그것이 바로 시천월교가 주장하던 목표였다. 그것을 위해서라면 누구도 기꺼이 목숨을 내놓을 것 같았으며, 모든 무인들이 실제로 자신을 아끼지 않고 싸움에 나섰었다. 오로지 시천월교가 무림을 새로이 바꿔놓을 것이라는 희망만으로 말이다.

희망은 잔인하다.

'하지만 바뀐 것은 없었다.'

만검천주는 조용히 눈을 감았다.

* * *

"저 녀석, 요즘은 어딜 그리 돌아다니는 건지."

독우가 중얼거리는 것에 다들 고개를 끄덕였다.

사흘 전 영보의 잘린 손을 발견한 이후부터 소하는 마치 실성한 것처럼 계속 움직이고 있었다.

한순간이라도 쉬면 안 된다는 듯, 피곤에 쓰러지려 할 때쯤 자기에게 찬물을 들이부으며 다시 작업장으로 달려갔다. 그러고는 보이지 않았다.

옆쪽에서 물을 나르고 있던 유원 역시 소하의 그런 모습을 이미 알고 있었다. 영보와 함께 지내던 수인들은 모두 걱정스런 눈으로 소하를 주시하는 참이었다.

"유원 님."

곽위가 조용히 그녀의 뒤로 돌아와 말을 걸었다.

"지금은 안 됩니다."

혁월련이 다녀간 날 이후, 곽위는 갑작스레 유원에게 말을 전했다.

무조건 숨어 있으라고 말이다. 최대한 정체를 감추고, 어떤 일이 일어나더라도 멋대로 행동하면 안 된다고 말했다. 유원은 그것에 수긍할 수밖에 없었다. 곽위는 말하지 않았지만, 그는 분명 이곳에 들어올 적 무언가 숨기고 있었다.

"그리고 자꾸 따라붙는 눈이 있습니다."

그 말에 유원은 인상을 찌푸렸다. 눈? 이 철옥 내에서 이제 유원에 대해서는 아무도 신경을 쓰지 않던 터였다. 곽위는 슬쩍 손가락으로 가리켜 보였다.

그곳에는 임필정을 비롯한 몇 명의 무인이 서 있었다. 이전 유원을 범하려 든 종현이란 자도 같이 말이다.

"조심하시길. 저 아이의 일도 안타깝긴 하나… 유원 님이 나설 것은 아닙니다."

차가운 말이다. 하지만 그게 당연했다. 소하는 고작 철옥에서 만난 정도의 사이다. 그녀가 위험을 무릅쓰고 나설 필요는 없는 것이다. 이전처럼 갑작스런 행동은 절대 용납할 수 없다는 곽위의 표정에 유원은 입을 꾹 다물 수밖에 없었다.

"알았어."

곽위는 안심했다는 듯 고개를 끄덕이며 다시 몸을 돌렸다. 옆쪽에서는 정욱이 계속 돌이 든 수레를 옮기는 중이었다.

두 사람의 눈이 교차한다. 정욱은 자연스레 긴 소매 안에 숨겨두었던 것을 수레에 넣었고, 이내 그것을 밀며 월교의 무인들이 있는 쪽으로 향한다.

'연락은 닿았다.'

곽위와 정욱은 유원을 보호하기 위해서는 월교의 상층부와 접선하는 게 가장 급선무라 생각했다. 백영세가의 이들은 그저 후계자인 백류영을 살리기 위해 유원을 버렸다.

그녀가 철옥에 가는 즉시 어떤 일을 당할지 알고 있음에도 말이다. 백영쌍랑은 그렇기에 자신들의 직위마저 반납하고 그녀를 따라왔다. 평생을 다져온 내공마저 없애고 말이다.

그것이 옳다는 생각과 백영세가를 처음 따를 때의 의기(義

氣)라는 마음에서였다.

현재 월교 내부는 서로간의 권력 다툼이 심화되어 있는 상태였다. 특히 오대천주로 대표되는 다섯 명을 따르는 세력과 소교주를 포함한 장로 세력이 첨예하게 대립하고 있었다.

곽위는 일단 천주들 중 누군가에게 연락을 시도할 생각이었다. 백영세가라는 이름은 월교에게도 상당하다. 구파일방이 대부분 사라져 버린 지금 백영세가는 사실상 무림에 몇 안 남은 거대세가 중 하나였다.

다만 문제는 이곳에서 자신을 바라보는 눈이었다. 임필정을 포함한 호형방의 무리, 만약 저들이 지금 곽위가 연락을 취하려는 자와 반대되는 위치에 서 있다면 위험할 수 있었다.

여차하면 기습을 가해서라도 제거해야만 했다.

백영쌍랑이라 하면 언제든 협의(俠義)의 모습을 보이는 백영세가를 대표하는 협객이라고 다들 칭송했었다.

하지만 지금 이 상황에서는 그런 것을 따질 때가 아니었다.

살아남아야만 했다.

*　　　*　　　*

"너, 잠도 안 자고 있지?"

마 노인의 목소리는 서서히 걱정으로 물들어가고 있었다. 소하의 행동이 점점 느려져 간다는 것을 느꼈기 때문이었다.

소하는 숨을 내뱉으며 머리를 세게 후려쳤다.

퍼억!

무거운 소리가 울리자, 구멍 속은 잠잠해졌다.

"괜찮아요."

아픔에 인상을 찡그린 소하는 그렇게 중얼거렸다. 지금은 한 순간도 잘 수가 없었다. 아니, 잠도 제대로 오지 않았다.

눈을 감으면 그 손가락들만이 떠올랐기 때문이다.

그 꺼멓게 죽은 손톱들은 마치 다섯 개의 눈처럼 소하를 빤히 바라보고 있었다.

"너 분명히 죽어. 알고 있냐?"

"여기 있어도."

소하는 구멍을 똑바로 내려다보며 중얼거렸다.

"어차피 죽어요."

마음이 죽는다.

육신이 죽는다.

소하는 더 이상 그것을 견딜 수가 없었다.

그것은 마치 불길 같았다. 가슴 속을 짓밟고 불태우는 화마(火魔)는 당장 소하를 채찍질하듯 그를 초조하게 만든다.

"현 노인아, 정말 난 모른다?"

"…소하 동자의 뜻일세."

하루 동안 소하는 현 노인과 이야기를 했다. 그리고 현 노인은 슬픈 한숨과 함께 마 노인에게 다음 차례를 이양했다.

"세상 일이 그렇게 네 맘대로 착착 이뤄질 줄 아냐? 그럴 수는 없어, 이놈아. 그냥 엇 하면 죽는 거야."

그러나 소하는 답하지 않았다. 그저 입을 꾹 다문 채 구멍을 바라보고 있을 뿐이었다. 마치 자신이 원하는 답을 내놓지 않으면 움직이지 않겠다는 듯 말이다.

"나 참… 십오 년 만에 만난 놈이 거하게 미친 꼬마 놈이라니."

이내 허탈한 웃음을 지은 마 노인은 뒤이어 중얼거렸다.

"마음에 드는군."

소하는 고개를 끄덕였다.

"그래. 우리가 월교 놈들보다 더 잘 알 거다. 빠르게 설명해 줄 테니 머릿속에 박아 넣어라. 잠도 자야 할 테니까."

"안 자도 괜찮……."

"잠이 얼마나 중요한지 아직 모를 나이지. 생각하는 거랑 행동이 아주 약간만 차이가 나도 넌 바로 죽어. 목이 댕강 날아가는 거야."

그 목소리는 이제까지와는 달랐다. 엄중한 무게가 실려 있었다.

죽음.

소하는 그 단어가 일으키는 무서운 감정들에 몸을 부르르 떨었다.

"그게 생사(生死)가 오가는 싸움에서의 예의다. 몸을 최대한 회복시켜 둬. 그러니까 지금 팍팍 말해주지."

"네!"

기운찬 목소리에 마 노인은 혀를 쯧쯧 차댔다.

"곧 죽을 놈한테 내가 뭐하는 짓이래."

"그래도 신나 보여!"

구 노인이 뒤에서 말하는 것에 마 노인은 크악 하고 소리를 질러 그를 도망가게 만들었다.

"엥이… 일단 혈각호! 그것부터다. 어차피 다른 건 현 노인이 다 설명해 줬더만."

"다 듣고 계셨나 보네요."

소하의 말에 마 노인은 크게 기침을 해댔다.

"거 꼬박꼬박 끼어드는……! 아, 됐다. 너랑 말해봤자 기운만 쇠하지. 계속한다."

"네."

바로 이어지는 답변에 구시렁거리는 소리가 이어진다. 하지만 마 노인은 분명 소하를 도와줄 마음이 있었다.

눈을 감았다.

이제부터 일어날 일을 생각하기만 해도 숨이 멎을 것만 같다. 심장이 멈추고 피가 차갑게 굳는 느낌이다. 그러나 소하는 도망쳐서는 안 된다고 생각했다.

그러면 죽어버린다.

"나는."

소하는 조용히 자신에게 중얼거렸다.

이전처럼 도망쳐 버리면 아무것도 남는 것은 없다.

그저 짙은 후회만이 가득 찰 뿐이다.

그건 죽는 것이나 마찬가지였다.

차디차게 굳어버린 손가락들이 떠올랐다.

피범벅이 된 시야가 떠올랐다.

살아남아야만 했다.

소하의 눈이 구멍을 향했다.

그러기 위해선 지금 마 노인이 하는 말을 단 하나라도 잊어버려서는 안 되는 일이었다.

* * *

며칠이 지나자, 다시금 월교의 무인들이 찾아왔다. 다음 희생자를 뽑기 위해서였다.

수인들은 공포에 질린 시선으로 서로를 훔쳐보고 있었다. 누군가가 나가주길 바라고 있는 것이다.

월교의 무인들은 잠시 뒤쪽을 바라보았다.

그곳에는 만검천주가 서 있었다.

성중결은 여전히 마뜩잖은 표정으로 수인들에게 시선을 돌렸다. 그들의 얼굴에 어린 공포를 이해할 수 있었기 때문이었다.

'이건 핍박(逼迫)에 불과하다.'

하지만 그것이 소교주의 뜻이라면 월교에 몸을 바친 성중결은 따를 수밖에 없었다. 그렇기에 그는 스스로 부하들을 이끌고 이곳으로 걸음을 옮겼던 것이다.

"혈각호는 사나운 생물이다."

성중걸의 입에서 무뚝뚝한 목소리가 흘러나왔다.

"소교주는 너희가 살 방도가 있다고 말씀하셨지만… 내공을 폐한 너희가 혈각호에게서 도망칠 방도는 없다."

그것에 모두의 얼굴이 창백하게 질렸다. 결국, 혁월련이 한 말은 그저 허울 좋은 거짓이었다는 이야기다. 성중걸은 담담히 그리 말한 뒤, 반개(半開)한 눈을 들어 올렸다.

"하지만 자원한다면 이번을 마지막으로 하겠다."

모두가 웅성거리자 성중걸은 말에 힘을 주어 주변을 조용하게 만들었다.

"이번이 마지막이다. 더 이상 죽는 자는 없을 것이다."

무인들의 눈이 긴장으로 가득 찼다. 혁월련이 얼마나 포악한 자인지 알고 있었기 때문이었다. 하지만 아무리 소교주라고 해도 오대천주 중 최고의 실력을 자랑한다는 만검천주의 청을 거절할 리는 없는 일. 그렇기에 다들 묵묵히 성중걸의 말을 듣고 있었다.

모두의 시선이 흔들렸다. 다들 서로의 눈치만 볼 뿐 선뜻 나서는 사람은 없었다. 그것이 당연했다.

성중걸은 착잡해질 수밖에 없었다.

'나서는 이는 당연히 없는가.'

누가 남을 위해 제 목숨을 버리겠는가. 철옥이라는 이 처참한 환경에서 말이다.

그러나 이전, 성중걸은 소교주의 옆에서 그의 '취미'를 보던 중 특이한 남자를 보았다. 조그마한 아이를 대신해 들어왔다는 자.

그런 자가 아직 철옥 내에 존재했기에 그는 소교주를 막아야 한다고 생각했던 것이다.

"자원할 이가 없다면 너희들이 결정해라."

하지만 성중결은 이들을 너그럽게 처우해 줄 생각은 없었다. 어디까지나 그는 월교의 인물, 사정을 봐줄 이는 따로 있었다.

그것에 임필정은 즉시 눈을 돌렸다.

콰악!

"혀, 형님!"

몸이 마르고 키가 작은 인물 하나가 버둥거렸지만 임필정은 그를 잡아 앞으로 내던졌다.

비명과 함께 나뒹구는 모습. 모든 수인이 그를 주시하고 있었다. 던져진 남자는 순간 당황하며 몸을 덜덜 떨 수밖에 없었다.

"한 명."

성중결의 말에 무인들이 앞으로 걸어 나가 그의 팔을 붙잡았다.

"자, 잠깐… 아니야! 아니라고!"

비명과 함께 몸부림을 치지만, 내공을 가진 무인을 당해낼 수 있을 리 만무했다.

"앞으로 세 명이다."

그것에 다른 수인들은 누군가를 힘으로 내보낼 수 있다는 것을 깨달았다. 즉시 서로가 멀어지는 모습. 그것에 곽위와 정욱 역시 빠르게 유원의 옆을 지켰다.

가만히 서 있던 성중결의 눈이 다음 수인 한 명을 집어던지려는 임필정에게로 가 닿았다.

"저자도 데리고 와라."

"예!"

그에 무인들이 움직였다. 임필정은 순간 당황할 수밖에 없었다. 팔을 휘저어 저항했지만 이내 그의 두터운 팔은 무인들에게 붙잡힌다.

"뭐, 뭐하는 거요!"

임필정의 다급한 목소리가 울렸다.

"앞으로 한 명."

다른 무인 한 명과 임필정이 동시에 붙잡혀 오자, 임필정의 험악한 얼굴이 졸지에 창백해졌다. 다른 수인들은 그를 꼴좋다는 듯 바라보고 있었기 때문이었다.

"아, 아까랑 말이 다르잖……!"

"변덕이다."

성중결은 그리 답한 뒤 주변을 둘러보았다. 앞으로 한 명. 그것만 채워지면 이제 별 상관은 없었다.

"계집이 있소!"

다급히 쏟아진 목소리.

그것에 성중결은 눈을 돌렸다.

임필정은 숨을 헐떡이며 고함지르고 있었다.

"저, 저 백영세가의 놈들! 저놈들이 데리고 있는 꼬마가 계집

이오! 소, 소교주님은 계집 쪽을 더 즐거워하시지 않겠소?"

"이런 제기랄 놈……!"

곽위는 즉시 주먹을 움켜쥐며 자세를 잡았다. 무인들이 다가온다면 죽음을 무릅쓰고 싸울 생각이었던 것이다.

"아, 아저씨."

놀란 유원의 목소리에 정욱은 엄중히 말했다.

"뒤에 계십시오."

임필정의 손가락이 가리키는 방향을 바라본 성중결은 가만히 곽위와 정욱을 바라보았다.

'백영쌍랑, 그래서였나.'

백영세가를 수호하는 수많은 무인 중, 백영쌍랑은 단연 돋보이는 존재였다. 항상 싸움이 있으면 그들은 선두에 서서 싸웠고, 묵묵히 궂은일을 마다하지 않았다.

그런 이들이 이런 식으로 철옥에 갇혔다는 것에 성중결은 세가가 그들을 버린 것이라 생각했었다. 하지만 이제는 얼추 상황을 판단할 수 있었다.

사악!

그리고 그 순간.

성중결의 손이 희끗거리며 흐트러지더니만, 이내 그의 손에는 검병이 쥐어져 있었다.

보이지도 않는 속도로 발검(拔劍)한 것이다.

핏방울이 허공에 흩날렸다.

"크아아악!"

임필정이 비명을 질렀다.

월교의 무인들 역시 당황할 수밖에 없었다. 아무리 차원이 다른 고수라 해도, 검을 빼드는 동작이 보이지 않는다는 건 정말 대단한 일이었다.

게다가 그 순간 임필정의 뺨이 베여 나갔다. 입에서부터 오른쪽 뺨을 갈라 버린 칼날, 치솟는 아픔과 핏물에 임필정이 고함을 쏟아내는 걸 본 성중결은 나직이 중얼거렸다.

"너는 혈각호에게 던져줘야 하니, 여기서 죽이진 않겠다. 다만… 그 입은 다물게 해야겠더군."

싸늘한 목소리로 그리 말한 성중결은 조용히 앞으로 향했다. 눈앞에는 잔뜩 긴장한 곽위와 정욱이 서 있었다.

이전이라면 모르겠지만, 지금 이들은 성중결에게 있어 미물(微物)보다 못한 존재나 마찬가지였다.

"의기를 존중하지."

그는 그리 말한 뒤, 월교의 무인들에게 일렀다.

"모셔라."

"옛!"

무인들 두 명이 다가오는 것에 곽위는 인상을 찡그렸다.

"우리도 죽일 참인가?"

"만검천주의 위를 걸고 말하지."

그는 고개를 돌리며 여전히 냉막하게 중얼거렸다.

"그대들에게 위해가 가는 일은 없을 것이다."

그것에 곽위는 어쩔 수 없이 고개를 끄덕일 수밖에 없었다.

"앞으로 한 명이다."

수인들의 눈이 서로를 향했다. 성중결의 칼솜씨를 눈앞에서 보았기에, 섣불리 서로를 밀어낼 마음도 들지 않았던 것이다.

그러던 중.

유원은 멀리서 익숙한 인영(人影)이 달려오고 있는 것을 보았다.

소하였다.

성중결은 눈썹을 찡그렸다. 어린아이가 힘겹게 비틀거리며 이쪽으로 걸음을 옮기고 있었던 것이다.

"제가 가겠습니다."

"소하야!"

독우의 고함, 그는 도저히 참지 못하고 소리를 질러 버린 것이다. 다른 수인들 역시 당황한 눈으로 그를 바라보고 있었다.

이해하지 못하겠다는 독우의 눈. 소하는 유원 역시 경악한 눈으로 자신을 쳐다보고 있단 사실을 깨달았다. 그야 그럴 것이다. 영보가 자신의 목숨까지 버려가면서 살려주었건만, 다시 죽을 것이 뻔한 길로 걸어가고 있는 꼴이었으니까.

"어린아이라고 해서 혈각호의 이빨이 피해가는 것은 아니다."

"가겠습니다."

소하의 말에 담긴 것은 강한 의지였다. 성중결의 눈에 일순 의혹이 피어났다.

'왜지?'

그의 눈에 어린 것은 절망이나 포기의 감정이 아니다. 오히려 알 수 없는 무언가를 품고 있는, 생기 있는 눈이었다.

그것에 성중결은 작게 한숨을 내뱉었다.

"만약 네가 월교의 무인이었다면, 좋은 소질을 가지고 있다 말해줬겠지."

그는 그렇게 말한 뒤 몸을 돌렸다.

"가자."

무인들이 물러나기 시작한다. 유원은 옆쪽에서 곽위와 정욱이 움직이는 대로 걸어가며, 당황한 눈으로 소하의 뒷모습을 쫓았다.

"저 멍청한 녀석!"

유원은 주먹을 꽉 쥐며 그리 중얼거렸다. 소하의 행동이 전혀 이해되지 않았던 것이다.

"유원 님."

하지만 지금 곽위는 그런 이야기를 할 틈이 없었다. 월교의 무인들이 지켜보고 있는 상황이다. 성중결이 호의를 보인다면 최대한 그것에 응해야만 했다.

하지만.

그녀는 눈살을 찌푸렸다.

이해되지 않았다.

자신에겐 한마디 말도 해주지 않았다.

'그게 화가 나.'

유원은 무언가를 말하고 싶어 고개를 든 순간, 소하가 자신을 바라보고 있다는 것을 알았다.

그는 입을 벌려 말하고 있었다.

걱정 말라고 말이다.

빙긋 웃는 얼굴. 여전히 소하는 평소와 같았다.

이상했다. 이런 상황 속에서 어찌 그럴 수 있단 말인가?

아무것도 묻지 못한 채, 유원은 그저 멀어지는 소하를 바라볼 수밖에 없었다.

*　　　　*　　　　*

"크, 으으으으으……!"

임필정은 뺨에서 느껴지는 고통에 계속해서 신음을 흘리고 있었다. 피가 계속 흐르는 것에 옆쪽에서 천을 주긴 했지만, 그걸로 지금 상황이 나아지는 것은 아니었다.

그는 각종 감정들이 이리저리 뒤섞인 눈으로 앞을 노려보고 있었다. 하지만 성중결을 기습한다 해도 한순간에 몸이 반 토막 날 것이 뻔했다.

다른 수인들의 얼굴에는 절망만이 어려 있었다.

살아날 수 없다는 사실, 그리고 심지어 지금 이 순간이 현실이 맞는지조차 믿기지 않을 정도였다.

마치 꿈을 꾸는 듯한 감각, 그러나 그것은 곧 한 장소에 도착하면서 사라졌다.

거대한 회랑.

그 안쪽으로 그들을 들여보내는 순간 월교의 무인들은 뒤로 물러선다.

더 이상 나아갈 수 없다는 뜻이다.

성중결은 조용히 몸을 돌려 네 명의 수인을 바라보았다.

"이전에도 말했듯, 소교주의 제안은 유효하다."

그의 눈은 착잡한 기분을 안고 있었다. 이들에게 쓸데없는 말로 실낱같은 희망을 부여하는 것 자체가 처절한 일이라 느꼈기 때문이었다.

철문이 닫히는 모습이 보였다. 이번에는 성중결의 요청으로 한 번에 네 명을 동시에 '가지고 놀도록' 한 것이다. 이것이 정말 마지막이라는 엄포도 함께였다.

성중결은 그들을 안쪽에 세워둔 채 철문 밖으로 나서며 중얼거렸다.

"살아남는다면, 살려주지."

무거운 소리와 함께 철문이 닫히자 곧 섬뜩한 소리가 뒤쪽에서 들려오기 시작했다.

한 수인은 고개를 돌리며 숨을 집어삼켰다.

뒤쪽으로 보인 것은 거대한 원형 공간이었다.

"여기다가 짐승을 풀어놓고……."

수인 한 명이 다리를 덜덜 떨며 중얼거렸다. 그의 눈에 비친 것은 바닥에 흩뿌려진 피와, 아직 미처 치우지 못한 사람의 살점들이었다. 이제 무슨 모양인지도 알아채기 힘들 정도로 눌러 붙고 썩어버린 모습이다.

철컹!

사슬이 흔들리는 소리가 들렸다.

네 명의 눈이 앞으로 향하자, 반대편의 문이 열리며 온몸이 온통 붉은 짐승 하나가 걸어 나오는 것이 보였다.

거칠게 난 붉은 털에, 머리에는 두 개의 뿔이 날카롭게 자라나 있었다.

저게 바로 혈각호라는 영물(靈物).

시천월교가 기르는 마수(魔獸)였다.

"자아."

위쪽에서 들리는 목소리.

소하는 눈을 들었다.

그곳에는 여유롭게 의자에 앉은 혁월련이 있었다. 그는 아래를 내려다보며 웃음 섞인 목소리를 내뱉었다.

"필사적으로 도망쳐야 할 거다."

숨소리가 들렸다.

그르륵거리는 소리.

한참 멀리 있는데도, 그 크기를 짐작할 수 없을 정도로 크다.

"으, 으아……."

한 수인이 견디지 못하고 신음을 토해낸다. 그러는 동안에도 소하는 눈을 들어 주변을 살피고 있었다.

무섭다.

소하 역시 마찬가지였다. 마 노인에게 들었던 것보다 훨씬 큰 것 같았고, 단 한 번의 실수라도 저질렀다간 바로 죽는다는 감각이 전해져 왔다.

'하지만.'

소하는 자신을 질책했다. 지금은 그런 두려움에 빠져 있을 때가 아니다.

"네가 이제부터 어찌 행동하느냐에 따라, 그 영보라는 자의 가치가 결정된다, 이거다."

숨을 삼켰다. 최대한 몸이 원활하게 움직일 수 있도록 할 수 있는 것은 다 했다. 이제는 생각대로 일이 진행되어야만 하는 것이다.

영보의 죽음.

그 의미를 허투루 만들 수는 없었다.

혈각호의 노란 눈이 살기를 풍긴다. 먹이를 인식한 것이다.

땅을 짚는 발, 이윽고 그것은 마치 팽창하듯 발의 근육이 두터워 지더니만, 이내 소하를 포함한 네 명이 있는 쪽으로 달려오기 시작했다.

"오, 온다!"

수인의 두려운 고함. 그것에 소하는 이를 꽉 악물었다.

'간다.'

지금이야말로 모든 것을 다해야 하는 때였다.

第五章
각오

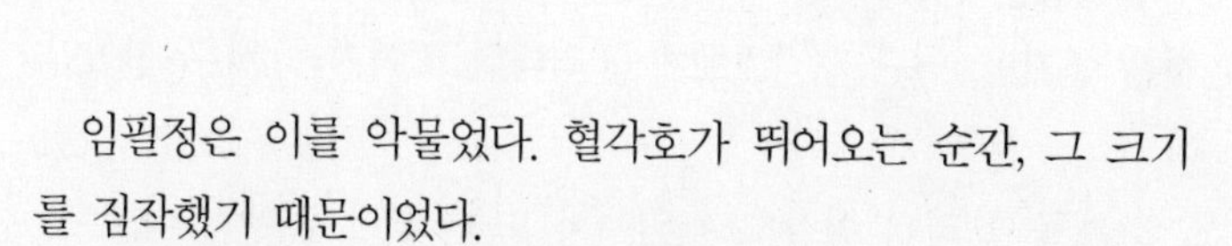

임필정은 이를 악물었다. 혈각호가 뛰어오는 순간, 그 크기를 짐작했기 때문이었다.

처음 들을 적에 그는 단순한 맹수의 크기 정도를 생각했었다. 이전 호형방의 방주였던 시절에도 사냥은 꽤나 했었고, 짐승이라고 해봤자 예상한 크기일 것이라 여겼다.

그러나 막상 가까이서 본 혈각호는 달랐다.

크다.

사람 세 명은 올라서야 눈이 맞을 정도로 크다. 저도 모르게 올려다보던 수인 하나는 혈각호가 가까워지고 있다는 것에 찢어지는 비명을 질렀다.

괴성이 들려왔다. 혈각호는 먹이를 발견하자마자, 전속력으로 쏘아지고 있었던 것이다. 그 덩치에 맞지 않게 재빠른 속도였다.

콰아아아아!

즉시 몸을 옆으로 날린 수인들은 방금 전까지 자신들이 있던 자리를 휩쓸어 버린 혈각호의 흔적에 덜덜 턱을 떨었다.

"마, 말도 안 돼."

혈각호란 시천월교에서 개량을 통해 만들어낸 영물이다. 이전 무림과의 싸움에서 투입된 이 혈각호들은 대부분 죽었지만 꽤나 좋은 성과를 거뒀었다. 아무리 내공을 가진 고수라고 해도 사방에서 덮쳐오는 짐승을 이겨내기란 버겁기 때문이었다.

임필정은 인상을 찡그리며 빠르게 몸을 옆으로 던졌다. 피한 것은 좋지만, 일단 혈각호에게서 최대한 멀어지는 게 우선이었다.

고개를 돌리던 혈각호의 입에서 더운 숨이 뿜어져 나왔다. 먹이의 움직임을 확인한 것이다.

솟구쳐 올라가는 발, 붉은빛에 가까운 털과 마치 흑철(黑鐵) 같은 발톱이 번득였다.

"으아아악!"

땅을 가르는 힘에 수인들이 비명을 내질렀다. 귀가 멀고 몸이 저릿저릿할 정도다. 겨우 도망친 한 명은 이내 비틀거리면서 몸을 돌렸고, 혈각호에게서 멀어지려 황급히 반대편으로 향하기 시작했다.

임필정은 눈살을 찌푸렸다.

한 명이 미처 피하지 못한 것을 확인했기 때문이었다.

"아, 으아아아……!"

비명은 희미하게 메아리친다.

반신(半身)이 찢겨 나간 모습, 휘둘러진 발톱 하나에 걸렸을 뿐인데 다리와 하반신이 고기 조각이 되어버렸다.

그것에 다들 얼굴이 새하얗게 질릴 수밖에 없었다.

"살, 살려……!"

상반신만 남은 자는, 자신이 곧 죽는다는 사실조차 인지하지 못한 채 필사적으로 손을 흔들고 있었다. 내장이 다 흘러나온 상처, 몸은 푸들푸들 경련이 오는 상태였다.

혈각호의 입이 그의 얼굴을 먹어치운다.

뿌드드득……!

사람의 살점이 찢기고 뼈가 부서지는 소리.

임필정은 인상을 와락 찡그렸다. 눈앞에서 누가 죽은 게 문제가 아니다.

지금 당장 어떻게든 도망가지 않으면, 다음에 죽는 건 자신이 될 거라는 사실이 문제였다.

임필정은 거칠게 땅을 박찼다.

달리기로는 도저히 혈각호를 이길 수 없다. 수 장이나 되는 거리를 순식간에 주파하니 말이다.

하지만 눈앞에 있는 자보다는 임필정이 더 빠르다.

그는 도망치던 수인의 목덜미를 단숨에 움켜잡았다.

"히, 히이이익!"

놀라 비명을 지르는 모습.

임필정은 눈을 돌려 쩝쩝거리는 소리를 내며 시체를 뜯어먹고 있는 혈각호를 바라보았다.

'하나를 죽이면 그걸 먹는 데에 그만큼 시간이 걸린다.'

혁월련이 제안했던 것은 반 시진 동안 버티라는 것이었다. 지금은 고작 일식경도 지나지 않은 시간. 이대로라면 이들이 전멸하는 것은 당연한 일이었다.

"바, 방주……!"

부하라 자처하며 임필정에게 달라붙던 인물이다. 그러나 그는 임필정이 자신을 어떻게 내버렸는지 기억해 내곤, 거칠게 주먹을 휘둘렀다.

"이, 이 개 같은 새끼!"

그러나 마르고 약한 팔이 휘둘러진다 해서 그걸 맞아줄 임필정이 아니었다. 그는 고갯짓으로 주먹을 피한 뒤, 무릎으로 그의 배를 올려쳤다.

"크윽!"

고통에 숨을 토해내는 모습, 그를 가만히 내려다보던 임필정은 이내 음산한 목소리로 중얼거렸다.

"더 빨리 뒈지기 싫으면, 닥치고 있어."

그것에 겁에 질린 수인은 입을 꾹 다물 뿐이었다.

'앞으로 조금 더.'

사람 뼈를 씹어 먹는 소리가 울린다. 저 혈각호가 수인 한 명을 먹는 데는 시간이 얼마 걸리지 않았다. 아마 혁월련 역시 살아남을 수 없다는 걸 알고 있었기에 그런 호언장담을 한 거일 것이다.

'빌어먹을 놈들.'

임필정은 눈살을 찡그렸다. 자신은 이런 곳에서 죽을 생각이 조금도 없었다. 어떻게든 살아남아, 이 철옥을 나갈 것이었다.

그러기 위해서는.

임필정은 즉시 손에 든 수인을 내팽개친 채 달리기 시작했다. 다시 피가 흘러나오기 시작해 천이 붉게 물들었지만, 그는 신경 쓰지 않은 채 입에서 단내가 날 때까지 앞으로 달렸다.

"바, 방주님! 살려주십쇼!"

내쳐진 수인이 비명을 질렀지만, 임필정이 그것을 들을 리 만무했다. 멀어져 가는 그의 모습에 허둥지둥 자리에서 일어난 수인은 뒤쪽에서 으르렁거리는 소리가 들려오는 것을 느꼈다.

시체를 다 먹어치운 혈각호가 움직이기 시작한 것이다.

굉음과 함께 땅이 파여 나간다. 급하게 몸을 앞으로 날리긴 했지만 수인은 더 이상 도망칠 수 있는 상황이 아니었다.

"으아아아악!"

그리고 이어지는 비명.

애처롭게 팔을 들어 얼굴을 가리는 게 전부였다.

그 위를 발톱이 내려찍었다.

끔찍한 소리가 또다시 감돈다. 임필정은 숨을 헐떡이며 주변을 둘러보았다.

'그러고 보니, 그 꼬마가 없다.'

소하의 모습이 보이지 않았다.

그 역시도 미끼로 써서 어떻게든 반 시진을 버텨야만 했기에, 임필정은 인상을 찡그리며 주변을 둘러보았다.

"끄아아아악!"

비명은 아직까지도 들려온다.

'빨리 뒈지지 않는 게 고마울 뿐이군.'

임필정은 그리 중얼거리며 옆으로 침을 뱉었다. 일단 보아하니 먹이를 먹을 때라면 혈각호의 주의는 모두 지금 먹고 있는 자에게로 쏠리는 모양이었다.

뒤쪽의 공간은 꽤나 많은 엄폐물로 가득 차 있었다. 계곡과 같은 모양도 있고, 우뚝 솟은 여러 기둥들도 만들어져 있었다.

모두 혁월련의 유희를 위한 것이다. 이런 것들을 사용해, 발버둥 치는 모습을 즐기기 위해서였다.

"큭!"

임필정은 빠르게 발걸음을 옮겼다. 일단 소하가 보이지 않는 것에 의문이 들었지만, 어찌 됐든 다음 목표가 자신이 되는 일만은 피해야만 했다.

그리고 계곡처럼 파여 있는 부분에 발을 디딘 순간, 임필정은 둥글게 몸을 만 채 숨을 죽이고 있는 소하를 볼 수 있었다.

눈이 마주쳤다.

그 순간 소하는 윽 소리를 내며 빠르게 옆으로 몸을 튕겼고, 임필정이 그를 붙잡기도 전에 기둥들 사이로 도망치기 시작했다.

그가 자신을 미끼로 삼으려는 것을 눈치챈 것이다. 임필정은 순간 소하를 쫓을까 고민했지만, 지금 더 이상 체력을 소모해서는 안 될 일이었다.

저런 거대한 맹수가 추격해 오는 상황이다. 최대한 힘을 비축한 뒤 일시에 도주하는 게 옳았다.

'일단 몸을 숨기면, 잠시 동안 나를 찾지 못하겠……!'

그런데.

위쪽에서 그림자가 드리운 것을 본 임필정은 두 눈을 부릅뜸과 동시에 그대로 몸을 던질 수밖에 없었다.

쿠르르르릉!

혈각호의 발이 휘둘러지자 대기가 울리며 얻어맞은 지반이 진동한다.

놀라 고개를 돌린 곳에 서 있는 건, 입에 사람의 살점과 핏물을 가득 묻히고 있는 혈각호의 모습이었다.

숨소리가 거칠게 흘러나온다. 노란 두 눈은 임필정을 죽여 먹어치울 생각만이 가득 차 있는 듯했다.

'어떻게 이리 빨리… 윽!'

생각할 틈도 없었다. 빠르게 달려드는 것에 임필정은 즉시 몸을 튕겼고, 계곡의 반대 부분으로 빠져나가며 혈각호를 따돌리려 했다.

하지만.

혈각호는 번개처럼 내리막길을 타며 임필정에게로 돌진하고 있었다.

쩍 벌린 입, 한 번 물어뜯는 순간 그의 살점이 바로 찢겨 나갈 것만 같은 모습이었다.

새하얗게 질리는 임필정의 얼굴.

그러나 그 순간 옆쪽에서 무언가가 빛살처럼 날아들었다.

타악!

세게 명중하는 모습. 혈각호의 입에서 괴성이 터져 나왔다.

"크르라아악!"

허공을 휘젓는 손톱에 임필정은 겨우 제정신을 되찾고 물러설 수 있었다.

옆으로 돌아간 임필정의 눈에 소하가 비치고 있었다. 방금 전 던진 것은 돌이었다. 그러나 갑작스레 혈각호는 괴성을 지르며 고개를 이리저리 돌리기 시작한다.

마치 견디기 어렵다는 듯 말이다.

'뭐지?'

임필정은 인상을 찌푸렸다. 단순한 돌멩이질로 이런 모습을 보이리라고는 생각할 수 없었다.

소하는 숨을 헐떡이며 혈각호의 반응을 관찰했다.

'할아버지 말이 맞았어.'

처음 현 노인이 말해준 정보였다. 혈각호가 싫어하는 풀, 생초(省草)라는 것에 대한 이야기였다.

"혈각호는 분명 대단한 영물이지만, 월교에서 인위적으로 만들어낸 만큼 약점이 많이 있단다. 그중 하나가 바로 생초지."

생초는 시천월교가 있는 이 철옥에도 많이 생식하는 풀 중 하나다. 설명을 간략히 들은 소하는 즉시 그 풀을 찾아낼 수 있었고, 그것을 최대한 많이 채취해 바지춤에 우겨넣고 이리로 왔던 것이다.

그리고 지금 던진 돌은 그 생초를 찧어 즙을 가득 발라놓은 것이었다.

'이건 통했으니.'

아마도 이제 경계를 할 것이 분명했다. 소하는 숨을 들이켜며 즉시 모습을 감추려 했다. 일단 괴롭게는 만들었지만, 혈각호의 주의를 너무 끈다면 바로 공격받을 게 뻔했기 때문이었다.

그 순간.

턱!

소하는 자신의 팔을 붙드는 손을 느꼈다.

임필정이었다.

그는 눈을 빛내며 소하를 내려다보고 있었다.

"뭘 한 거지?"

그 역시 눈치가 빠른 자다. 소하가 혈각호에게 무언가를 저질렀다는 사실을 알아챈 것이다.

"아무래도 좋다. 네가 있으면……!"

소하를 미끼로 내던지고 반대편으로 도망친다. 방금의 질주로 꽤나 시간은 끈 터였다. 어차피 이 공간에서 살 방도는 없었으니 임필정은 반 시진을 버텨낸 뒤 혁월련의 온정에 의존할 생각이었다.

그러나 그는 소하가 자신의 손아귀에서 몸을 비트는 것을 보았다.

다리가 회전한다.

임필정은 자신의 명치에 틀어박히는 조그마한 발에 숨을 토해냈다.

"크헉!"

그 순간 고개가 숙여졌고 공중에서 소하의 뒤꿈치가 휘돌아 임필정의 뺨을 차버렸다.

빠억!

큰 소리와 함께 튕겨 나가는 머리, 소하는 손아귀가 펼쳐지는 것에 즉시 빠져나오며 숨을 골랐다.

'더는 시간을 지체할 수가……!'

혈각호는 자신의 코를 문지르며 마구 신음을 토했지만, 어느덧 거의 정신을 차리고 있었다.

그러는 동안 소하에게 걷어차인 임필정은 비척거리며 고개를 휘젓고 있었다.

"이건… 팔영각! 어떻게 네놈이 백영세가의 가전무공을!"

소하도 그게 무엇인지는 모른다.

그저 눈앞에서 곽위가 펼쳤던 한 수를 그대로 따라한 것뿐이었다.

임필정이 그걸 알았더라면 단언에 부정해 버릴 일이다. 백영세가의 가전무공은 쉽사리 아무나 따라할 수 있는 기술이 아니다. 더군다나 아이의 눈으로 무공을 보고 따라했는데 이 정도의 완성도라는 건 거의 불가능했기 때문이었다.

"하지만 아직 약하다!"

그러나 여전히 아이의 몸, 위력은 모자란다.

임필정은 주먹을 거칠게 내질렀다. 일단 아까처럼 소하를 쉽사리 움직이지 못할 정도로 갈겨놓은 뒤, 혈각호에게 먹이로 던져줄 생각이었던 것이다.

"뒤나 보시지!"

소하는 크게 소리를 질렀다.

옷깃을 붙잡혀 있는 상황, 주먹을 뻗으면 맞는다. 그 순간 멈칫한 임필정은 뒤에서 내려쳐지는 큰 발톱에 숨을 삼킬 수밖에 없었다.

"으윽!"

콰아아악!

대기를 가르는 손톱, 임필정은 소하와 함께 땅을 데굴데굴 구르며 신음을 토해냈다. 등줄기에 시큰한 감촉이 전해져 왔다. 발톱이 등을 내리 가르며 상처를 낸 것이다.

"크으윽……."

몸을 구르며 상체를 일으키자, 그곳에는 그르르 소리를 내며 자세를 낮추고 있는 혈각호가 보였다.

방금 전 먹잇감이 던진 기이한 공격을 경계하고 있는 것이다.

소하는 쿨럭이며 기침을 쏟아냈다. 갑작스레 나뒹구느라 가슴과 어깨에 무거운 충격이 왔던 것이다.

"미안하게 됐구나."

그 순간 누군가의 목소리가 들려왔다.

놀란 눈, 단번에 소하를 움켜쥔 임필정은 비릿한 웃음을 지었다.

"살 놈은 살아야지."

소하는 주변이 마구 회전하는 느낌에 인상을 쓰며 땅바닥을 나뒹굴었다. 지금 임필정은 혈각호와 가까운 곳으로 소하를 내던졌던 것이다.

그걸 본 혈각호가 움직이기 시작한다.

소하가 잡아먹히는 동안 태세를 정비해야만 했다. 임필정은 즉시 몸을 돌려 땅을 기기 시작했고, 이내 그는 겨우겨우 상체를 일으키는 데에 성공했다.

그런데 뭔가가 이상했다.

소하가 혈각호에게 잡아먹히는 소리가 들려오지 않는다.

저도 모르게 임필정의 눈이 뒤로 향한 순간, 그곳에는 힘겹게 숨을 토해내고 있는 소하가 보였다.

"제가 할 말이네요."

"놈들은 후각에 많이 의존하지."

마 노인은 일찍이 혈각호와 꽤나 많은 싸움을 벌였던 모양이었다. 그런 그가 사선(死線)에서 알아온 정보들은 소하에게 있어 지금 상황을 타파할 수 있는 무기가 되었다.

혈각호에게 돌을 던지기 전, 소하는 온몸에 생초를 짓이겨 발라두었다. 적어도 잠깐 동안은 혈각호에게 있어 소하는 '먹이'가 아니라 '독'으로 취급될 것이다.

그렇다면 임필정은 어떨까?

그는 이전 만검천주에게 뺨을 베였고, 지금은 등까지 공격받아 피가 철철 흘러내리고 있는 상황이었다.

혈각호에게 있어 더없이 맛있는 먹잇감이나 다름없었던 것이다.

"이건 무슨……!"

임필정의 눈살이 일그러지는 순간, 소하의 모습은 붉은 맹수에 가려졌다.

콰아아아악!

비명조차 지를 수 없었다. 얼굴을 짓이겨 버리는 발톱.

소하는 임필정의 몸이 발톱에 끼인 채로 날아가는 것에 인상을 쓰며 중얼거렸다.

"살 사람은 살아야죠."

* * *

"호오."

임필정이 먹히는 장면을 관람하던 혁월련의 입가에 웃음이 맺혔다.

뒤쪽에 서 있던 성중결은 슬쩍 숨을 내뱉었다.

'잔혹하군.'

사람이 통째로 찢겨 나가는 광경, 보통 사람이라면 보자마자 비명을 질렀을 것이다. 하지만 혁월련은 그것이 더없이 즐겁다는 듯 지켜보고 있었다.

남은 것은 이제 아이 하나다.

"의외네요."

혁월련은 소하가 시작하자마자 죽음을 당할 줄 알았던 것이다. 그걸 지켜보던 성중결은 나직이 입을 열었다.

"이전, 아이를 대신해 이리로 왔다던 자를 기억하십니까?"

"아, 네."

혁월련이 대수롭지 않게 답하자 성중결은 다시 소하에게로 시선을 돌렸다. 소하는 몸을 바싹 낮춘 채 혈각호의 움직임을 관찰하고 있었다.

"저 아이를 대신해서 왔었다더군요."

"하."

혁월련의 입가에 웃음이 맺혔다.

"개죽음이었네요."

비웃음마저 서려 있다. 그것에 성중결은 눈살을 슬쩍 찌푸렸다. 사람의 죽음을 그런 식으로 비하해서는 안 된다. 하지만 그것이 과연 소교주에게 해야 할 말인가는 다른 문제다.

침묵하던 성중결은 조용히 몸을 돌렸다.

"다른 곳을 살펴보고 오겠습니다. 요즘 들어… 다른 천주들 역시 의문스런 움직임을 보이고 있으니까요."

냉옥천주는 그렇다 치더라도, 오대천주 모두가 현재 서로의 움직임을 견제하고 있는 처지다. 소교주의 유일한 편인 만검천주의 입장으로선 계속 주변을 경계해야만 했다.

성중결은 소교주의 근처에서 물러서며, 다시 한 번 뒤를 돌아보았다. 소하가 혈각호와 대치하고 있는 모습, 한 번에 짓이겨져 버릴 게 뻔한 상황이었다.

'소교주의 마음이 어서 변하기를 바라는 수밖에.'

그는 그리 생각하며 천천히 어둠 속으로 걸음을 옮겼다.

*　　　*　　　*

임필정이 날아가 버린 뒤, 소하는 몸을 낮추며 숨을 골랐다.

심장이 뛰는 소리가 시끄럽다. 쿵쿵거리는 북소리, 마치 입 밖으로 튀어나올 것만 같을 정도였다.

'아직은 괜찮아.'

혈각호의 후각은 소하를 먹이로 인식하지 않고 있다. 가져온 생초들을 이용해 시간을 끌 수야 있겠지만, 어찌하였든 반 시진을 버티기란 어려운 일이다.

그리고 애초에 소하는 여기서 반 시진을 버텨 다시 철옥으로 돌아갈 생각은 없었다.

혈각호가 임필정의 몸을 뜯어먹는 동안 소하는 살금살금 뒤로 물러서며 기둥들 사이로 향했다. 일단 자신이 해야 할 일들을 차례차례 정리하기 위해서였다.

"치열한 싸움에선 머리가 차가운 놈이 이긴다. 나는 그런 경우가 아니긴 한데… 그래서 졌나? 엥이, 아무튼 냉정하게 생각하는 게 제일이라는 거다."

마 노인은 틱틱대면서도 소하에게 도움이 될 조언을 해주었다. 일단 차분하게 적을 관찰하는 게 우선이었다.

혈각호는 빠르다. 땅을 박차는가 싶더니만 공중에서 쇄도할 정도고, 발톱이나 이빨에 잘못 맞는다면 일격에 죽을 수도 있었다.

'그리고 저 뿔.'

혈각호의 가장 무서운 건 저 뿔이라고 모두가 입을 모아 말했다. 내공을 가진 고수의 방어도 뚫어버릴 수 있는 날카로움과 단단함을 동시에 가지고 있다는 것을 떠올린 소하는 고개를 들어 주변을 살폈다.

원을 그리는 공간.

혁월련은 삼 층에서 여유롭게 소하를 내려다보고 있었다.

지금은 시간을 끌어야만 했다.

"제법 훌륭하군."

위쪽에서 혁월련의 목소리가 들려왔다. 소하는 슬쩍 위를 올려보았다. 멀리서 휘적휘적 걸어, 난간에 몸을 걸치는 혁월련이 보였다.

"오래 버틴 건 칭찬해 주지. 이 시간까지 버틴 건 저번 그 도둑놈을 제외하고는 처음이야."

소하의 몸이 굳었다.

올려다보는 눈이 흔들린다.

"하도 애처로이 발버둥 쳤던 게, 다 한 꼬마를 구하기 위해서라고 들었다."

혁월련은 그때 사정을 듣고는 영보를 비웃었다. 제 목숨을 버린다? 그것도 언제 사람이 죽어나갈지 모르는 철옥에서? 어리석은 짓이었다.

그래서 그는 영보에게 제안을 했다.

"먹히는 동안 비명을 지르지 않는다면, 그 꼬마를 잡아오지 않겠다고 말했었지."

들어줄 생각은 없었다.

그저 그 상황에서 영보가 어떻게 하느냐에 대해 관심이 있었기 때문이었다.

"우스운 모습이었다. 죽는 와중에도 손을 입에 우겨놓고 버티는 꼴이란……."

혈각호에게 먹혀가면서도, 영보는 소리를 내지 않기 위해 필사적으로 자신의 손을 짓씹었던 것이다.

그 상처는, 잘린 손에 남아 있던 잇자국은 그런 연유로 생겼던 것이었다.

순간 소하는 으르렁거리는 소리를 들었다.

혈각호의 눈이 뒤늦게 소하에게로 향하고 있었다.

"윽……!"

잠시 생각이 뒤흔들렸다. 소하는 즉시 기둥들 안쪽으로 몸을 던졌고, 혈각호는 괴성을 토해냄과 동시에 달려들기 시작했다.

투콰앙!

기둥 하나가 날아간다. 뿔에 부딪치자 고개를 돌리는 것만으로 석재 기둥을 부수고 있는 것이다. 혈각호의 뿔은 그만한 경도를 지니고 있었다.

"너는 어떨까?"

혁월련은 크크 하고 웃음소리를 냈다.

'생각하지 마.'

소하는 입술을 세게 깨물며 자신에게 중얼거렸다.

지금 저 말에 현혹되면 안 된다. 냉정해야 할 마음에 불길이 끼얹어지면 제대로 상황을 구분할 수 없게 된다.

나중에.

좀 더 나중에 그 마음을 드러낼 수 있어야만 했다.

소하는 혈각호의 앞발이 단숨에 기둥 하나를 날려 버리는 것에 머리를 감싸며 땅을 데굴데굴 굴렀다. 이제 세워놓은 기둥들도 얼마 남지 않은 모습이 보였다.

"사실 이건… 네게는 너무나 가혹한 일이란다. 말해주는 것 자체가 꺼려지는구나."

현 노인은 소하를 걱정하며 그리 말했다.

혈각호는 무인들에게도 어려운 상대다. 하물며 무공을 전혀 모르는 어린아이에게 이런 걸 강요할 수는 없는 일이었다.

하지만 소하는 하겠다고 말했다. 그대로 철옥에서 평생 작업만 하다가 죽어가느니, 자신이 하고 싶은 일을 할 수 있게 해달라고 말했다.

그것에 현 노인은 고개를 끄덕였던 것이다.

소하는 눈을 똑똑히 뜨고 혈각호를 응시했다. 숨소리, 괴성을 지를 때마다 온몸의 솜털이 곤두서는 것만 같았다.

앞발.

소하는 즉시 상체를 숙였다.

콰아아아아앗!

허공을 가르는 소리가 마치 폭풍 같다. 목표를 빗맞힌 것에 혈각호는 괴성을 지르며 다른 발을 치켜들었다. 아예 소하를 깔아뭉개 버리려는 것이다.

"의외로 익히는 게 빠르구나. 재능이 있어."

소하의 안력(眼力)은 일반인과 다르다.

이전까지는 몰랐던 일이었다. 누구나가 다 그런 줄 알았고, 영보의 귀영수를 배울 때에도 손쉽게 따라하는 것에 다들 놀라는 장면을 보고서야 자신이 뭔가 다르다는 걸 깨달았을 뿐이었다.

그리고 성중결이 발검해 임필정의 뺨을 벨 때 소하는 확신할 수 있었다.

그에게는 성중결의 공격 궤도가 보였다.

뻗어나가는 검의 궤적을 알아챈 소하와는 다르게 다들 무슨 요술 같은 일이 일어났냐는 태도를 보이고 있을 뿐이었다.

그렇기에 이 일을 확신할 수 있었다.

소하의 몸이 옆으로 굴렀다.

콰아아앙!

지반이 깨져 나가는 소리, 바닥이 산산조각으로 붕괴하며 돌조각과 먼지가 뿜어져 나갔지만 소하는 그곳에 없었다.

먼지를 뚫고 달려가는 모습에 혈각호는 그리로 눈을 돌렸다.

뒤쪽에서 괴성이 들렸다.

소하를 확실히 죽이기 위해 달려들고 있는 것이다.

'긴장하지 말자.'

소하는 당장에라도 두 다리가 오그라들 것만 같았다.

무섭다. 무섭다. 너무나도 무섭다! 당연한 일이었다. 아무렇지 않으려 노력해도, 눈앞에서 세 명이 죽어나간 모습을 보았는데 그럴 수는 없었다.

그저 견디고 삼킬 뿐이다.

소하는 미끄러지듯 멈추며 몸을 돌렸다.

벽.

막다른 길에 와버린 것이다.

"하하!"

혁월련의 입에서 웃음이 터져 나왔다.

기세 좋게 도망치나 했더니만 소하는 기어코 자충수(自充手)를 둔 것이다. 혈각호의 움직임을 피하기엔 이미 너무 늦어 있었다.

'어디 얼마나 버티나 보자.'

혁월련이 가장 고대하는 게 바로 이 순간이었다. 이제 자신이 절대로 살아날 수 없다는 깊은 절망에 빠진 표정, 그것을 보는 게 너무나도 즐거웠던 것이다.

그러나.

"뭐지?"

소하는 그런 표정을 짓고 있지 않았다.

오히려 도발적으로 혈각호를 바라보고 있을 뿐이었다.

"와봐! 이 자식아!"

외침.

혈각호는 괴성과 함께 소하에게로 몸을 던졌다.

그 순간 소하가 앞으로 뛰쳐나간다.

소하는 혈각호의 예상과 다르게, 고개를 꼿꼿이 든 채로 혈각호에게 마주 달려들었던 것이다.

'앞!'

발이 내려쳐지는 궤도가 보인다.

소하는 그곳에서 벗어나며 땅을 나뒹굴었고, 혈각호의 눈이 돌아가려는 순간 거칠게 손을 뻗어 혈각호의 털을 움켜쥐었다.

"카아아아악!"

고개를 돌려 소하를 씹어버리려 한다.

하지만 혈각호는 이윽고 자신의 머리가 움직이지 않는다는 사실을 깨달았다.

날카로운 뿔이 벽에 박혀 버린 것이다.

그동안 소하는 힘껏 팔에 힘을 줘 겨우 혈각호의 등에 올라탈 수 있었다. 마구 몸이 흔들리는 것에 손가락이 부러져라 털을 움켜쥘 수밖에 없었다.

"으, 으으윽……!"

아프다. 이리저리 나뒹굴고 날아가고 했으니 당연히 전신이 욱신거렸다. 하지만 소하는 억지로 아픔을 내리 누르며 황급히 혈각호의 등을 바라보았다.

"월교에서 그 마수를 통제할 수 있는 건, 등에 적옥(赤玉)이라는 것을 심어놓았기 때문이지."

혈각호는 그 적옥이 약점이다. 혹시나 명령을 듣지 않는 개체가 있을 시, 적옥을 공격해 죽이기 위해서다. 소하는 혈각호의 경추 부근에 자리한 빨간 혹과 같은 것을 발견했고, 그것을 세게 내려쳤다.

"키아아아아아!"

괴성, 혈각호는 상상을 초월하는 아픔에 입을 쩍 벌리며 앞

발을 마구 휘저었다. 그러자 큰 소리와 함께 돌 벽이 무너지는 모습이 비쳤다.

몸이 마구 흔들린다. 소하는 이를 악물며 털을 붙잡았고 혈각호는 전율하며 고개를 뒤흔들었다. 적옥에 충격이 미치면 신경이 타버리는 듯한 고통이 전해지기 때문이었다.

뿔이 빠져나오자, 곧 혈각호는 미친 듯이 몸을 튕기며 아무도 없는 주변을 뛰기 시작했다.

소하를 떨어뜨리기 위해서였다.

"하지만 그걸로 네가 혈각호를 어떻게 하기란 어려울 거다."

마 노인은 단호히 그렇게 말했다. 당연한 일이다. 게다가 소하는 혈각호를 죽일 마음이 없었다.

옆에서 이야기를 듣고 있던 현 노인이 불쑥 끼어들었다.

"그러니 우리들이 조금 도와주도록 하마."

소란이 벌어진다.

아마 지하에까지 미치는 소리일 것이다.

그리고 그 순간.

쿠르르르릉!

지진이 사방을 진동하게 만들었다.

"뭐, 뭐야!"

월교의 무인들이 동시에 주저앉으며 당황한 소리를 토해냈다. 마치 세상이 꿈틀거린다 느껴질 정도로, 막대한 지진이 전해져 오고 있었기 때문이었다.

지반이 폭발한다.

소하는 마치 산이 자라나는 것처럼 지반이 거칠게 솟구치며 뻗어 나오는 모습을 보았다.

'지금!'

소하는 적옥을 다시 내려쳤다.

"카아아악!"

괴성과 함께 고개를 흔드는 모습, 그리고 자연스레 적옥에 가해진 충격 때문에 혈각호는 다시 달리기 시작했다.

그 솟구친 지반을 향해서 말이다.

달린다.

땅을 밟은 발은 이내 지반의 끄트머리를 세게 내려치며 솟구쳐 올랐다.

뛰어오른 것이다.

소하는 위를 올려다보았다.

삼 층.

경악에 찬 혁월련의 눈이 똑똑히 보이고 있었다.

감췄던 마음.

소하는 마치 불길 같은 그것을 목 밖으로 토해내며 고함을 질렀다.

"이거나 처먹어라!"

혈각호는 혁월련이 있는 삼 층에 그대로 들어박히며 사방에

먼지와 굉음을 일으켰다.

*　　　*　　　*

쿠르르르릉……!

갑작스런 진동에 경비를 서고 있던 월교의 무인들은 어깨를 움츠리며 당황한 표정을 지었다.

"뭐, 뭐지?"

"지진……?"

하지만 이제까지 그런 일은 없었다. 격렬하게 오던 진동은 얼마 뒤 잠잠해지며 곧 고요가 찾아들었다. 월교의 무인들은 서로를 돌아보았지만, 다른 낌새를 느낀 자는 없었다.

"뭐지?"

"아래서 또 뭐가 터지기라도 한 거 아냐?"

이전 환열심환을 발견했을 때의 일을 단순한 폭발로 알고 있는 무인들은 그런 대화를 주고받았다.

그러던 중 앞으로 고개를 돌리던 무인 한 명이 눈을 동그랗게 뜨며 소리를 쏟아내었다.

"마, 만검천주를 뵙니다!"

"월교천세!"

다른 이들도 재빨리 부복한다.

성중결은 눈살을 찡그리며 말을 이었다.

"이쪽으로 가면 무엇이 있지?"

"예? 처, 철옥이 있습니다만."

"철옥 말고 또 뭐가 있느냔 말이다."

말투에 섞인 살기에 월교의 무인은 등줄기에 서늘한 칼날이 꽂히는 것만 같았다. 만검천주가 비교적 온건한 자라고는 하지만, 눈 밖에 나는 즉시 잘게 썰려 나갈 것은 뻔한 일이었다.

"더, 더 이상은 없습니다!"

황급히 외치는 소리에 성중결은 조용히 철옥으로 향하는 복도 안쪽을 노려보았다.

'뭐였지?'

방금 일어난 지진은 분명 평범한 것이 아니었다. 성중결은 한쪽 무릎을 꿇으며 바닥에 손을 가져다 대었다.

주변을 걷고 있던 중, 갑작스레 일어난 지진에 그는 단순히 지하의 용맥(龍脈)이 터져 나왔다고 생각했다. 이 천망산의 지하에는 이전부터 화룡(火龍)이 산다고 전해져 왔다. 극히 뜨거운 용암이 자리하고 있기 때문이다.

그러나 달랐다. 오래 이어지던 진동, 그리고 그 약간의 차이가 성중결의 심기를 거슬리게 만들었다.

'내공을 이용한 충격이다.'

그러나 누가 그럴 수 있단 말인가? 철옥 내의 수인들은 모두 단전을 폐했다. 다른 천주들을 의심하기도 했지만, 그들이 굳이 천망산에서 이러한 일을 벌일 이유가 없었다.

그렇기에 충격의 진원지로 향했던 것이다. 하지만 무인들의 말대로 철옥 이외에는 더 이상 아무것도 존재하지 않았다.

"무, 무슨 일이 있습니까?"

무인 한 명이 조심스레 그리 물었다. 이제까지 항상 아무런 반응도 하지 않던 성중결이 보인 최초의 감정적인 모습이었기 때문이었다.

그것에 성중결의 눈이 그에게로 돌아갔다.

"내가 너에게 설명을 해야 하나?"

"아, 아닙니다!"

성중결은 이윽고 몸을 돌리며 인상을 찡그렸다. 이상했다. 무언가 알 수 없는 불안이 몸을 치고 올라오고 있었다.

'지반을 뒤흔들 내공을 가진 자는 얼마 없다.'

사람의 힘으로 지진을 일으킨다? 어이없는 이야기 같지만, 실제로 그게 가능한 이들이 존재했다. 성중결은 그렇기에 다급히 이리로 향했던 것이고 말이다.

그러나 이 천망산 내에서 그럴 만한 이들은 일절 존재하지 않는다는 게 결론이었다.

그리고 또다시 진동이 들려온다. 아까보단 약하지만, 성중결은 자신이 알지 못하는 무언가가 일어나고 있다는 것에 몸을 일으켰다.

"또 뭐지?"

멀리서 무인들이 움직이는 모습이 보인다. 다들 우왕좌왕하고 있지만, 확실한 원인을 모르기에 쉽사리 움직이기도 어려워하는 모습이었다.

"마, 만검천주님!"

멀리서 한 명의 무인이 황급히 달려오는 모습이 보였다. 성중결의 앞에 도착한 자는, 숨을 고르며 힘겹게 입을 열었다.

"소, 소교주님이 계신 곳이……!"

성중결의 눈썹이 치켜 올라갔다. 그는 즉시 앞으로 향하기 시작했다. 아까의 지진, 그리고 또다시 일어난 무언가의 진동.

'소교주를 노렸다?'

막연한 불안감이 드는 것에 성중결은 이내 온몸에 내공을 두르기 시작했다. 희미한 빛이 그의 몸을 감싸자, 다른 무인들은 경탄의 눈으로 성중결을 바라보았다. 이것이 바로 내공을 제대로 사용할 때의 모습이었다.

성중결은 그 순간 빛살처럼 쏘아져 나갔다.

'만약 소교주를 노리는 자가 있다면……!'

시천마의 핏줄을 사라지게 만들 수는 없었다. 성중결은 입술을 슬쩍 깨물며 더욱 빠르게 땅을 박차고 있었다.

* * *

굉음이 이어진 뒤에는, 먼지가 쏟아지고 있었다.

멀리서 경비를 맡던 무인들 역시 경악한 눈으로 삼 층을 바라보고 있을 뿐이었다. 그곳에는 일찍이 혁월련이 자신을 제외한 누구도 들어오지 못하도록 명령을 내려놓아 쉽사리 다가갈 수도 없는 노릇이었다.

"아으……."

소하는 어지러운 머리를 이리저리 저으며 겨우 정신을 차렸다. 예상보다 격렬하게 충돌한 탓에 의식을 잃을 뻔했던 것이다.

'그래도 성공했어.'

지금까지는 생각대로 이루어졌다.

혈각호의 약점을 이용해 자신의 뜻대로 다뤘다는 구 노인의 이야기를 들은 덕분이었다.

혈각호는 의식을 잃은 채 혀를 빼물고 있었다. 당연하다. 달리던 기세 그대로 돌 벽에 들이박았으니 말이다.

소하는 조심스레 몸을 일으키며 주변을 둘러보았다.

먼지가 후두둑 떨어져 내리며 멀리서 꿈틀거리는 사람의 모습이 눈에 들어왔다.

혁월련이었다. 그는 아슬아슬하게 직격을 피하는 데는 성공했지만, 돌 더미에 그대로 얻어맞을 수밖에 없었던 것이다.

"이, 게 무슨……."

그는 몸을 일으키며 눈을 찡그렸다. 이마가 찢어져 핏물이 줄줄 흘러내리고 있었다.

그리고 그는 뒤늦게 서 있는 소하를 보았다. 혁월련의 눈이 순간 세게 일그러지며, 무시무시한 살의가 뻗어 나오기 시작했다.

"네놈이냐!"

소하는 다리가 떨리는 것을 느꼈다.

"한 놈을 빼고는 특출난 놈은 없었다. 다들 고만고만해. 일반인보단 좀 나은 정도?"

마 노인은 만검천주를 제외한 다른 이들을 그렇게 평했다. 그들의 실력이 정확히 어떤지는 알 수 없지만, 적어도 소하보다는 강한 힘을 갖고 있을 것이다.

"감히, 이런 짓을… 네놈은 살려두지 않는다."

혁월련의 몸에서 희미한 빛이 맴돌았다. 내공. 소하는 예상했던 일이었지만 막상 그것을 눈으로 접하고 나니 주체할 수 없이 몸이 떨려왔다.

혁월련은 어릴 적부터 시천월교의 소교주로 많은 영약을 접해왔다. 그렇기에 또래보다 훨씬 뛰어난 내공을 가질 수밖에 없었던 것이다. 이미 그는 내공을 체외로 방출할 수 있을 정도의 수준에 달해 있었다.

하지만 시천마의 피를 이은 이가 다른 무공을 배울 수는 없다는 이유로 아무런 무공을 익히지 못한 게 문제였을 뿐이다.

그렇다 해도 내공이 어린 주먹이라면 소하를 때려죽이기엔 부족함이 없었다.

"무릎을 꿇고 엎드려라!"

혁월련은 이를 드러내며 분노하고 있었다. 그는 온몸이 욱신거리는 아픔에 더욱 화가 치솟는 것을 느꼈다.

태어나서 이제까지 그 누구도 시천월교의 소교주인 그에게 이런 대접을 한 적은 없었다. 그가 태어날 때 이미 월교는 대부분의 무림을 집어삼킨 뒤였고, 정신을 차리니 그는 시천월교의 소교주가 되어 있었다.

"네가 지금 건방지게 바라보고 있는 건… 시천월교의 소교주다!"

그렇기에 혁월련은 소하가 울면서 벌벌 떠는 꼴을 보고 싶었다. 어차피 죽이긴 죽이겠지만, 그전에 극도의 절망을 심어주고 싶었던 것이다.

그러나.

"웃기고 있네."

소하는 이죽거리며 그렇게 말했다. 혁월련의 눈이 동그랗게 커지는 순간, 소하는 주먹을 세게 움켜쥐며 앞으로 달렸다.

"소교주는 무슨!"

이리로 달려들 때부터 소하는 그를 두려워할 생각을 하지 않았다.

"보통 어리숙한 놈들은, 성질을 긁으면 금방 반응해."

혁월련은 으득 이를 악물었다. 소하가 달려든 것에 조금 놀랐지만 그렇다고 해서 상황이 바뀌지는 않는다.

"내가 월교 사람이냐!"

소하는 크게 소리를 치며 즉시 손에 쥔 것을 던졌다.

모래.

혁월련은 창졸간에 던져진 그것에 눈살을 찌푸리며 고개를 돌릴 수밖에 없었다.

"윽, 이건 뭐……!"

퍼어어억!

뺨에 내리꽂힌 주먹이 혁월련의 몸을 뒤로 튕겨 나가게 만들었다.

우당탕 소리를 내며 바닥을 나뒹구는 모습. 소하는 긴장에 쉬지도 못한 숨을 겨우 내뱉으며 인상을 찌푸렸다.

돌을 때린 것 같았다. 내공을 아직 전신에 뒤덮지 않아 어떻게 때리긴 했지만, 사람의 얼굴이란 어찌 이리도 단단한지 소하의 주먹이 아파올 지경이었다.

'역시, 별 의미는 없네.'

그러나 마 노인이 말한 대로, 도발로는 충분할 것이다.

한편, 혁월련은 어이가 없었다. 갑작스레 뺨에 가해진 충격. 입안에 느껴지는 비릿한 피 맛에 그는 비틀거리며 몸을 일으켰다.

너무나 화가 나면 눈에 보이는 게 없어지게 마련이다.

"너, 이, 새끼……!"

고함을 내지르는 모습. 혁월련의 전신에 내공이 둘러진다.

소하는 숨을 삼켰다. 내공을 가진 상대와 싸우는 건 어려운 일이다. 현 노인도 처음에는 내공을 가진 이와는 싸움을 피하라고 말했을 정도였다.

"현 영감은 비겁하게 싸워본 적이 없어서 모르지. 다 약점이 있는 법이다."

마 노인이 끼어들어 방책을 말해준 게 다행이었다.

"죽여 버린다!"

고함과 함께 달려드는 혁월련의 모습. 무공을 제대로 익히지 않아 팔과 다리가 중구난방이지만, 맞는 순간 큰 충격을 입을 것이라는 건 확실했다.

그것에 소하는 몸을 던졌다.

앞으로.

"원래 처음 내공을 몸에 두르면, 오감이 미비해져. 어리숙한 놈들은 코랑 귀, 눈까지 다 덮어버리거든. 그럼 내공을 다루는 놈들이 처음 하는 일은 뭘까? 바로 그런 부분들을 덮지 않는 연습을 하는 거야. 그 부분만 따로 조정하는 건 은근 섬세한 작업이거든."

그랬다. 혁월련의 눈, 코, 귀는 내공으로 방비가 되어 있지 않았다.

'한 대는 맞아야 해!'

소하는 으득 이를 악물며 팔과 다리를 구부렸다. 그 순간 혁월련의 주먹이 소하의 몸을 두들겼고, 마치 망치로 거칠게 얻어맞은 충격이 소하의 몸으로 내리꽂혔다.

비명은 지르지 않았다. 소하는 얼굴을 잔뜩 일그러뜨리며 그것을 견뎠고, 혁월련이 다음 공격을 위해 팔을 들어 올리는 순간을 기다렸다.

보통이라면 아픔에 정신을 차리지 못할 것이다. 하지만 이미 예상하고 있었고, 좋은 안력을 갖고 있기에 가능한 일이었다.

팔이 벌어지며, 틈이 보인다.

소하의 입이 쩍 벌어졌다.

그 순간.

"아아아아아악!"

혁월련의 비명소리가 삼 층을 가득 메웠다.

소하는 입을 벌림과 동시에 혁월련의 귀를 물어 뜯어버린 것이다.

너무나 아파 소하를 떼어낼 생각도 하지 못했다. 그가 고개를 마구 뒤흔드는 것에, 소하는 기어코 이를 악물며 살점을 뜯어버린 뒤 앞으로 나가 떨어졌다.

"으, 으아아아, 아아아악!"

귀의 반절이 떨어져 나갔다. 아픔에 혁월련이 마구 소리를 지르는 것에, 소하는 퉤 하고 옆으로 살점을 뱉어내며 이죽거렸다.

"사람을 맘대로 죽일 땐 아픈 걸 몰랐겠지."

입안은 비릿한 피 냄새로 가득하다.

"이, 이 개 같은 새끼! 죽여 버린다! 죽여 버릴 거야!"

혁월련의 몸이 달려든다. 주먹을 뻗자 소하는 그 주먹의 궤도를 보며 그대로 고개를 숙였다.

"다치면 집중이 뭉그러져. 그러면 어떻게 되느냐? 아, 시끄러. 그래. 뭐… 구 노인이 말한 대로 내공을 유지하기가 버겁지."

그랬다.

소하는 숨을 들이켰다.

퍼억!

한 수. 순간 명치를 두들기는 손바닥에 혁월련은 케헥 하고 숨을 뱉어냈다.

"이, 자식… 무공을!"

주먹을 제대로 쥐는 법도 모르는 데다 때리다 손목이 상할 수 있단 말을 하며, 마 노인은 장저(掌低)로 타격하는 것을 권했다.

"그게 제법 아프거든."

'할아버지 말이 맞았어.'

소하는 거칠게 휘둘러지는 주먹을 고갯짓으로 피하며 몸을 휘돌렸다.

"이게 바로… 귀영수다!"

마지막으로 영보가 보여줬던 기술. 천일수가 펼쳐지며 순간 묵직한 소리가 울렸다.

단숨에 목 뒤와 명치를 얻어맞은 혁월련은 비명을 지르며 튕겨 나가고 있었다. 그와 동시에 소하는 그의 옆구리를 밀쳤고 혁월련은 다리가 풀려 형편없이 땅바닥을 나뒹굴었다.

"흐, 흐으으으… 죽여 버린다!"

눈앞이 노래질 정도로 아프다. 혁월련이 그리 말하는 것에 뒤로 물러난 소하는 씩 웃으며 손을 흔들었다.

"이상한 걸 갖고 있네."

그 순간 혁월련의 눈이 찢어질 듯 커졌다.

소하의 손에 들린 것은, 검은색의 목갑이었기 때문이었다.

"너, 너, 너……!"

소하는 손가락으로 목갑을 열어보았다.

안에 들어 있는 건, 신비한 빛을 뿜어내고 있는 환약(丸藥) 하나였다.

환열심환.

그 이름을 모르는 소하는 뚱하니 그것을 바라보고 있을 뿐이었다.

'반응이 있다.'

소하는 속으로 감정을 숨기며 혁월련의 상태를 살폈다.

동요가 극심한 모습. 입을 몇 번이고 벌렸다 닫던 혁월련은 이내 살기어린 목소리로 말을 꺼냈다.

"당장, 그걸 내려놔라."

분명 품속에 갖고 있었건만, 혁월련이 눈치채지 못할 정도로 교묘하게 목갑을 가져간 것이다.

영보에게 배운 귀영수의 응용이었다.

소하는 목갑을 슬쩍 흔들어 보였다.

"그런 태도면 잘도 주겠다."

혁월련의 눈이 시뻘겋게 충혈됐다. 소하의 목소리에 분노가 치민 것이다. 그러나 그 역시 지금 상황에서 소하를 자극해 봤자 좋을 게 없다는 사실을 알고 있었고, 애써 분을 참으며 중얼거렸다.

"네놈은 그게 뭔지 모른다."

"척 보니, 중요한 거겠지."

소하는 옆으로 침을 뱉으며 중얼거렸다. 핏물이 섞여 있는 모습, 혁월련에게 한 대를 얻어맞았을 뿐임에도 몸에는 큰 타격이 온 뒤였다.

"지금 내놓는다면, 살려주지."

혁월련은 끓어오르는 분노를 애써 눌러 참으며 그리 중얼거렸다.

"철옥으로 무사히 돌려보내 주겠다."

그것에 소하는 기가 차는 것을 느꼈다. 그게 지금 호의라고 말하는 것인가?

철옥은 희망이 없는 곳이다. 아무것도 없다. 그저 하루하루 살아 있음에 감사할 수밖에 없다는 이야기다.

"그럼 영보 아저씨는?"

소하의 눈이 일그러졌다. 혁월련의 애타는 목소리를 듣자 더욱 분노가 일어났던 것이다.

"네가 장난감처럼 갖고 놀다, 죽은 영보 아저씨는 다시 돌아와?"

혁월련은 으득 이를 악물었다.

소하가 저 환열심환을 상하게 하거나, 잘못해서 어딘가로 던져 버리기라도 한다면 정말로 큰일이 아닐 수 없었다.

'시천무검이 없는 내게, 저 환약은 반드시 필요하다.'

그는 시천월교의 소교주였다. 소천마가 천마가 되기 위해선 어떻게든 강한 힘이 뒷받침되어야 한다는 이야기였다.

소하는 주먹을 꽉 쥐었다.

목갑이 부서져라 쥐는 그 모습에 혁월련은 입술이 찢어지도록 꽉 깨물며 주먹을 쥐었다. 아무리 내공이 있다 해도, 소하의 움직임은 꽤나 재빨랐다. 그가 닿기 전에 목갑 안의 환열심환을 어찌 할 수도 있는 것이다.

'빌어먹을 천한 놈!'

당장에라도 골통을 까부수고 싶을 정도였다.

그 순간.

콰과과과광!

돌 벽이 터져 나간다. 그리고 터진 벽은 허공에서 번쩍이는 검광(劍光)에 의해 조각조각 잘려 주변으로 쏟아지고 있었다.

그 안에서 나타난 중년인.

"성 아저씨!"

혁월련이 반갑게 소리를 질렀다.

성중결은 검을 휘둘러 단숨에 돌로 막힌 벽을 뚫어버린 뒤,

차디찬 눈을 들어 소하를 바라보았다.

죽어 있는 혈각호와 한쪽 귀와 이마에서 피를 흘리고 있는 혁월련의 모습. 그것에 성중결의 손이 희끗거리며 움직였다.

'온다!'

소하에게 있어 가장 두려운 건 성중결의 존재였다.

그가 자리하지 않았다는 것에 바로 움직일 수 있었지만, 이제는 혁월련을 어떻게 공격할 수도 없게 된 것이나 마찬가지였다.

날아오는 검을 보며 소하는 눈살을 찌푸릴 수밖에 없었다.

"아저씨!"

그것에 검이 멈춘다.

날카로운 예기가 허공을 떠도는 것에, 소하는 가슴이 철렁 주저앉는 것만 같았다.

뻗어나가던 검을 순식간에 멈춘 성중결은 이어 고개를 돌려 혁월련을 바라보았다.

"무슨 일입니까, 소교주."

"저, 저 자식이… 환열심환을!"

그것에 성중결의 눈이 한층 가늘어졌다.

소하의 손이 앞으로 향해 있는 것을 보았다. 소하는 지금 성중결의 검 앞에 환열심환이 든 목갑을 마치 방패처럼 내밀었던 것이다.

까딱 잘못했으면 환열심환까지 베어버릴 뻔했다.

'어린아이가 제법이로군.'

성중결의 검은 소하의 살과 뼈를 단숨에 날려 버릴 수 있었다. 그럼에도 꼿꼿이 선 채 환열심환을 방패삼았다? 배짱을 칭찬해 줘야 할 일이었다.

"이름이 뭐지?"

혁월련과 소하의 눈이 흔들렸다. 갑작스레 성중결이 검을 든 손을 내리며 소하에게 말을 걸었던 것이다.

"유, 유소하."

그 말에 성중결은 차분히 고개를 끄덕였다.

"유소하. 이대로 있는다면 너는 죽는다."

단언이었다. 하지만 사실이기도 했다.

소하의 다리가 떨리는 것을 본 성중결은 이윽고 천천히 평온한 어조로 말을 이었다.

"하지만 살 방도가 없는 것은 아니지."

혁월련의 눈이 커졌다. 갑작스레 성중결이 무슨 말을 하고 있는지 몰랐기 때문이었다.

"시천월교에 들어와라."

"서, 성 아저씨? 그게 무슨……."

혁월련의 당황한 목소리에도 성중결은 담담했다. 그는 소하가 일으킨 일에 대해 내심 대단하다 여기고 있었다.

'무공을 제대로 배우지도 않은 아이다.'

소하의 자세만 봐도 알 수 있었다. 그런 이에게 혁월련이 어쩌다 저런 꼴이 되었는지는 모르지만, 다른 무언가를 활용했음이 분명했다.

그런 응용력을 눈여겨본 것이다.

"월교의 무인이 된다면, 내 이름을 걸고 너를 보호해 주지. 환열심환을 조용히 내려놔라. 소교주께서도 자비롭게 용서해 주실 거다."

혁월련은 지금 무슨 말을 하느냐고 고함치고 싶었지만, 일단 환약을 돌려받는 게 우선이었으므로 입을 꾹 다물었다.

죽음 같은 침묵이 감돌고 있었다.

"무공도 가르쳐주마."

철옥의 수인일 뿐인 소하에게는 절대 뿌리칠 수 없는 유혹일 것이다. 성중결과 혁련월은 그렇게 확신하고 있었다.

"당신들은."

소하의 눈이 앞을 향했다.

"역시, 아무것도 몰라."

성중결은 묵묵히 소하를 응시하고 있을 뿐이었다.

소하는 감정이 가득 불거지는 것을 억지로 삼키고 있었다.

영보의 죽음.

그리고 이전, 유가장에서의 일들이 머릿속을 강하게 휘젓고 있는 터였다.

"난 그래도 이 무림에 아직 협(俠)이 살아 있음을 믿는단다."

운현은 그렇게 말했다.

그는 절망적인 상황을 본 모두가 슬퍼할 적에, 그리 말했다.

소하의 머리를 쓰다듬으며 다정히 말해주었다.

"모두가 그렇기에 살아가는 것이지."

차라리 성중결이 진심을 다해 영보의 죽음, 수인들을 함부로 다룬 것에 대해 사과를 전했다면.

소하는 마음을 돌렸을지도 몰랐다.

"!"

성중결의 눈이 꿈틀거렸다.

소하가 환약을 꺼내 그대로 삼켜 버린 것이다.

"저, 저 미친놈이!"

이마에서 흐르는 피를 닦던 혁월련이 고함을 내질렀다. 그 순간 성중결의 눈에서 불똥이 튀었다.

'죽여야 한다.'

검병을 쥔 손목이 회전한다.

그는 소하의 눈을 보았다. 그 안에 휘몰아치는 감정들. 그것은 성중결이 의도했던 감정의 발로가 아니었다.

당장 목을 날려 버리고 배를 갈라 환약을 꺼내야만 했다. 성중결은 충분히 그럴 만한 실력을 지니고 있었고, 그가 펼치는 검격은 소하에게 있어 보인다고 해서 피할 수 있는 속도가 아니었다.

하지만.

지하에서 용암이 터져 나오는 것에는 성중결도 놀랄 수밖에 없었다.

콰아아아아!

마치 용이 솟구쳐 오르듯, 갈라진 돌 틈에서 용암이 치솟았다.

성중결은 즉시 혁월련을 붙잡아 뒤로 밀쳤고, 그 틈에 소하는 몇 걸음을 더 물러서 벽에 붙을 수 있었다.

쩌적쩌적 소리와 함께 바닥에 붉은 용암이 차오르기 시작한다.

'지하의 용맥이 폭발한 건가?'

성중결은 인상을 찡그릴 수밖에 없었다. 이대로라면 혁월련이 위험할 수도 있는 일이었다.

그는 거세게 검병을 붙잡았다.

방금 검을 휘두르려고 한 순간, 성중결은 소하의 눈을 보고 주저했다. 그것이 패착이었다.

'지금이라도 확실하게 죽여야 한다.'

그의 검이 휘둘러졌다.

치솟던 용암이 반으로 갈라지며, 검풍(劍風)이 날아들고 있었다. 맞는 순간 소하의 여린 몸은 절반으로 갈라져 버릴 것이다.

소하는 으득 이를 악물며 땅을 박찼다.

우지지직!

등 뒤의 벽이 모조리 무너져 내린다.

솟구치는 열기, 그리고 혈각호가 들이받을 때의 충격 때문에 벽이 붕괴한 것이다. 뒤에는 아무것도 없다. 그저 열기를 휘감은 화룡(火龍)이 지하에서 꿈틀대고 있을 뿐이었다.

카앙!

검풍이 흐트러지는 소리가 들렸다.

소하가 들고 있는 검은 목갑. 그것으로 미처 피하지 못한 검풍의 끄트머리를 아슬아슬하게 막아낸 것이다.

'궤적을 알았다?'

환열심환의 목갑은 환단의 열기를 견딜 수 있도록 흑목(黑木)이라는 진귀한 소재로 이루어져 있다. 지금 성중결의 검풍을 막아낸 것처럼, 강한 경도를 자랑하는 물건이었다.

'아니, 눈으로 본 건가!'

소하의 안력에 대해 알지 못하는 성중결은 그걸 막아내며 아래로 떨어지는 소하를 당황스레 바라볼 수밖에 없었다.

그리고 소하는 용암 아래로 떨어지며 모습을 감춘다.

"안 돼!"

혁월련의 찢어지는 고함. 하지만 용암이 마저 터져 나오는 것에 성중결은 얼른 혁월련의 어깨를 감쌌다.

"소교주, 물러나셔야 합니다."

"내, 내 환열심환이……!"

팔을 휘저으며 고함을 지르는 혁월련의 모습. 그를 억지로 데리고 물러나던 성중결은 소하가 사라진 곳을 안타깝게 바라보았다.

'살았다면 좋은 무인이 되었을 소질이었다.'

그러나 끝이다.

용암에 떨어진 이상, 그는 절대 살아남을 수 없었다.

*　　　　*　　　　*

'뜨거워!'

소하는 빙글빙글 돌며 아래로 떨어지고 있었다.

열기에 눈앞이 너무 아파 질끈 감을 수밖에 없었다. 소하가 가까이 다가올수록, 그를 먹어치우려 넘실대는 용암의 모습이 끔찍하게 보였다.

"네가 보여야 할 건 각오(覺悟)다."

마 노인은 단호하게 그리 말했다. 애초에 소하에게 이것을 단단히 명심하도록, 계속해서 꺼냈던 말이었다.

죽음을 각오하라는 게 아니다.

"죽는 건 세 살 먹은 애새끼도 할 수 있어. 그냥 자기가 견딜 수 없는 일에 머리를 들이밀면 되거든."

마 노인의 목소리는 단호했다. 그는 소하에게 죽을 각오가 아니라, 살아남을 각오를 하라고 말했던 것이다.

그게 진정 강하다는 것이라고 했다.

소하는 몸을 제어할 수가 없었다. 떨어질수록 속도는 빨라진다. 이대로라면 얼마 뒤 소하는 용암에 잠겨 그대로 녹아버리고 말 것이다.

옆에서 현 노인은 부드럽게 말을 걸었었다.

"소하 동자가 만약 살아남을 각오를 한다면."

허공에서 바람 소리가 일었다.

쉬아아아악!

넝쿨.

소하는 그것이 날아와 자신의 허리를 감는 것을 느꼈다. 윽 소리와 함께 강한 반동이 온몸을 두들겼지만, 소하는 전신을 경직시키며 그 넝쿨을 받아들이려 애썼다.

허공으로 치솟아 오른다.

열기가 순간 멀어지며 조금이나마 숨이 트였지만, 소하는 다시 빠르게 내려쳐지는 몸에 인상을 가득 찡그릴 수밖에 없었다.

다시 바람 소리가 울렸다.

"붙잡아라! 그리고 이 망할 영감아! 좀 제대로 해라!"

"하, 하고 있어!"

넝쿨이 기울었다.

그 순간 하나의 넝쿨이 더 날아와 소하의 팔을 둘둘 감았고,

소하는 우뚝 허공에 멈추며 그대로 옆으로 날아갔다.

용암이 있는 지하가 아니었다.

소하는 옆쪽에 난 커다란 구멍을 보았다. 자연스럽게 만들어진 게 아닌, 인위적인 손길이 가미된 듯한 구멍.

그 안에는 세 명의 노인이 서 있었다.

가까워진다.

소하는 자신을 끌어안는 따스함을 느꼈다.

이마와 코에 닿는 푸근한 수염.

흰 수염을 늘어뜨린 선풍도골(仙風道骨)의 노인은 인자한 미소를 지으며 소하를 끌어안고 있었다.

"고생이 많았다. 소하 동자야."

현 노인은 빙긋 웃음을 지었다.

옆에서 구 노인이 에구구 소리를 내며 땅에 넘어졌고, 회색 수염을 뾰족하게 기른 마 노인이 인상을 가득 찌푸렸다.

"그나저나 진짜로 저지르다니. 이 꼬마도 어지간히 미쳤구만."

"자네가 하라고 한 게 아닌가."

"아, 그건… 엥이! 됐어! 어쨌든 뭐!"

마 노인은 넝쿨을 용암 아래로 내버리며 성큼성큼 소하에게로 다가왔다. 현 노인은 어느새 몇 걸음을 물러서, 시원한 동굴 안쪽으로 소하를 데리고 온 이후였다.

아직도 제대로 감을 잡지 못하는 소하에게 마 노인은 심통 맞은 얼굴을 한 채 중얼거렸다.

"뭐, 살았으니 된 거지."

"우리들이 동자를 도와줄 것이니 안심하거라."

그들은 그렇게 말했었다.
"참으로 수고했다."
"히히! 다행이다!"
세 노인의 목소리에 소하는 저도 모르게 왈칵 참고 참았던 울음이 솟구치는 것을 느꼈다.
현 노인의 옷자락을 부여잡고 소하가 고개를 푹 숙이자, 곧 현 노인은 따스한 미소를 지으며 그의 등을 두드려 주었다.
"세상 모든 것은 인연(因緣). 그렇다면 이것도……."
그는 다른 노인들을 바라보며 웃었다.
"우리가 반갑게 맞아야만 하는 천명(天命)일 걸세."
우는 소리는 더욱 커져간다.
현 노인은 소하를 안은 채 나지막이 속삭였다.
"살아 있어줘서 고맙구나."
그 말에야 소하는 겨우 고개를 들 수 있었다. 울음으로 퉁퉁 부은 눈에 비친 것은 거대한 공동(空洞)이었다. 인간이 만들 수 없을 정도의 높은 굴, 종유석(鐘乳石)이 날카롭게 이리저리 자라 있는 모습이다.
마 노인은 앞으로 걸어가며 중얼거렸다.
"혈천옥에 잘 왔다. 꼬맹아."

혈천옥.

일찍이 시천마 혁무원이 만들어놓은, 시천월교의 인물들 조차도 알지 못하는 은밀함 속에 감춰진 비동(秘洞)이었다.

第六章
인사

소하가 겨우 울음을 그치자, 현 노인은 소하를 안은 채 그대로 혈천옥의 안으로 향했다.

몇 갈래의 긴 통로가 뚫려 있는 모습. 마 노인은 툴툴거리며 옆에서 장난스레 통통 튀듯 걷고 있는 구 노인에게 쏘아붙였다.

"거 시끄럽게 좀 걷지 마라."

"손님이 왔잖아!"

소하는 처음으로 세 노인의 모습을 보았다.

마 노인은 마르고 키가 크다. 반백의 머리를 덥수룩하게 길러 이마의 대부분을 가릴 정도였고, 제대로 정리하지 않아 산발이 되어 있었다.

그에 비해 구 노인은 마치 소년 같은 모습이었다. 주름살과 통통한 볼에 작은 키를 가지고 있었고 행동 역시 아이같이 무구(無垢)해 보였다.

"그렇군. 혈천옥에 누가 들어온 건 처음이니 말일세."

현 노인은 그야말로 도사(道士)라는 느낌이었다. 전부 똑같이 해진 회색 옷을 걸치고 있지만, 단단히 닦여진 몸과 순백색의 수염과 머리칼 때문인지 다른 이들과는 달리 고고해 보이는 인상이었다.

통로를 지나자 곧 시원한 바람이 얼굴을 향해 몰아쳤다. 쏴아아 하는 소리와 함께 소하의 시선이 위로 올라가자 그곳에는 아까보다 훨씬 높은 천장을 가진 동굴이 자리해 있었다.

"여기는 제법 넓지?"

현 노인이 그리 말하자 소하는 입을 쩍 벌린 채 고개를 끄덕일 뿐이었다. 철옥의 몇 배는 될 높이. 대체 여기가 얼마나 깊은 지하인지 감도 오지 않았다.

"염병. 쓸데없이 넓고 높으니 나가지도 못하지."

"그건 그래."

구 노인이 동의하자 마 노인은 실쭉 웃어 보였다. 항상 어깃장을 놓는 사이긴 하지만 뜻이 통하면 기분이 좋은 모양이었다.

그들은 거대한 동굴의 가운데로 소하를 데리고 간 뒤, 천천히 주변을 둘러보았다.

"흠, 이쯤이면 되려나."

"여기면 되지 않겠어?"

발로 땅을 툭툭 치며 마 노인이 그리 말하자 현 노인은 동의하며 천천히 품에 안은 소하를 바닥에 내려놓았다.

아무것도 없는 곳에 앉게 되자, 소하는 어안이 벙벙한 표정으로 고개를 들어 올렸다.

"저기, 무슨……?"

"동자야, 지금부터 내 말을 똑똑히 듣거라."

현 노인은 여전히 자애로운 표정으로 소하를 바라보고 있었다.

"여기 떨어지기 전, 무슨 일이 있었느냐?"

"네……?"

소하가 멍하니 되묻자 마 노인이 와락 인상을 찡그렸다.

"어떻게 됐냐고! 여긴 진동만 들려서 거기 사정을 제대로 알 수가 없었다!"

묘하게 채근하는 듯한 말투였다. 소하는 기분이 좀 나빠지는 것을 느꼈지만, 그들은 소하의 목숨을 살려준 것만이 아니라 그를 돕기 위해 애써준 이들이었다.

'이상해.'

말을 하려는데 몸이 뜨거워진다. 어느새 이마에는 땀이 줄줄 흘러내리고 있었다. 주변은 이렇게나 시원함에도 말이다.

"그들이 네게 이상한 약을 주입했느냐?"

여전히 평온해 보이는 어조였지만 현 노인의 눈은 소하에 대한 걱정으로 가득 차 있었다.

"빨리, 또박또박 말해라. 피가 다 끓어서 죽기 싫으면."

마 노인의 말에 소하는 윽 소리를 내뱉었다.

그랬다. 겨우 살았다는 기쁨에 눈치채지 못했지만 소하는 아직도 몸이 용암의 열기에 둘러싸여 있는 것같이 뜨겁다는 사실을 뒤늦게야 느끼고 있었다. 이들은 지금 그것을 알아채고 걱정하는 것이다.

현 노인의 손이 소하의 어깨를 가볍게 쥐었다. 그의 손이 올려지자 마치 얼음이 시원하게 열기를 식혀주는 듯 소하는 겨우 숨을 내뱉을 수 있었다.

"이대로라면 네가 이리 된 원인을 잘 파악할 수 없단다. 조금만 힘을 내서 우리에게 말해주거라."

그것에 소하는 감기려는 눈꺼풀을 억지로 들어 올렸다. 마치 몸에서 불꽃이 계속 번져 나가고 있는 느낌이었다.

"약… 을 먹었어요."

소하의 목소리에 현 노인의 눈가가 꿈틀거렸다.

"약? 어떤 모양이었느냐?"

"그렇게 하면 애가 잘도 말하겠다."

마 노인이 옆에서 끼어들며 중얼거렸다.

"이름은 아냐? 아니면 먹고 난 뒤의 기분을 말해봐라."

소하는 입술이 바싹 타들어가는 기분이 들었다. 아픔을 자각한 순간, 이상하게도 더욱더 심하게 열기가 죄어 들어오고 있었기 때문이었다.

"환열, 환열심환이라고……."

"환열심환!"

현 노인의 목소리에 마 노인은 허어 하고 숨을 내뱉었다.

"그걸 잘도 주워먹었네."

그와 동시에 소하는 몸을 벌벌 떨기 시작했다.

"약이 녹는 모양이군."

"어떻게 해?"

구 노인이 묻자 마 노인은 허헛 하고 웃음을 흘렸다.

"지금 이 꼬마의 배를 가르면 아직 효능이 남은 환단이 있다. 현 가야. 대환단(大丸丹)보다도 대단하다는 전설의 환열심환이 말이야."

현 노인의 입가가 가볍게 말려 올라갔다.

"자네가 나서지 않는군."

"뭐, 뭐라고 말하는 거냐."

현 노인은 소하의 눈을 보았다. 지금 그들이 한 말에 아이는 격하게 불안해하고 있었다.

그는 소하의 이마를 짚으며 다정한 어조로 말을 이었다.

"걱정 말거라, 소하 동자야. 한숨 자고 일어나면……."

수혈(睡穴)을 짚자 소하의 눈이 스르르 감긴다. 곧 찡그렸던 미간이 풀리고 몸에 가득했던 긴장이 사라지는 모습이 보였다.

"모두 잘되어 있을 거란다."

현 노인은 빙긋 웃으며 그렇게 말했다.

"염병. 아무것도 모르는 꼬마애한테 보검을 쥐여주자?"

"원래 본인은 자네가 나설 걸 대비해서 이야기를 생각해 놨었거늘."

현 노인은 좀처럼 보이지 않는 장난스러운 눈으로 그를 바라보고 있었다.

"자네도 변했군."

"…엥이! 도사 놈들은 하나같이 이상한 말만 지껄여서 문제야!"

마 노인은 발로 땅을 세게 내리밟고는 이내 터벅터벅 걸어가 잠든 소하의 등 뒤에 앉았다.

"내공이 없으니 유도는 힘들고, 내가 조절할 테니 네가 타혈(打穴)해라."

"추궁과혈(推宮過穴)은 자신이 없긴 하네만."

"나는 사혈(死穴) 밖에 몰라! 내가 치면 얜 그냥 죽어. 나 같은 놈보단 네가 더 낫지."

"나는? 나는 뭐 해?"

구 노인의 물음에 소하의 양어깨를 손가락으로 지긋이 누르던 마 노인은 인상을 구겼다.

"가서 물이나 떠 와!"

구 노인이 그 말에 후다닥 달려갔다. 마 노인은 짜증이 인다는 듯 인상을 찡그리다 이내 한숨을 토해냈다.

"에휴, 그래. 잘 처먹어라 꼬마야. 못 처먹고 뒈지면 진짜 가만 안 둘 테니까."

"허헛."

현 노인의 웃음에 마 노인은 화가 난다는 듯 으르렁대며 이를 드러냈다.

*　　　　*　　　　*

소리가 들렸다.

사람들이 아우성치는 소리. 소하는 둥둥 허공에 뜬 채로 그것들을 바라보고 있었다.

언제부터인지는 몰랐다. 정신없이 흘러가는 모습들.

멀리서 무기를 뽑아드는 것이 보였다.

몇 명이 비명을 지르며 베어져 나갔고, 붉은 핏물이 바닥에 흩뿌려졌다.

"월교를 거스르는 자, 피를 보리니!"

그랬다.

시천월교는 자신들에게 조금이라도 밉보이는 자들은 무조건 베어 죽였다. 무림의 거대한 규율과도 같았다. 시천마가 무림맹을 정복한 때부터 사실상 무림은 시천월교의 지배에 놓인 것이나 다름없었다.

"유가장주는 너희의 자식들 중에서 한 명을 데려가라고 했다."

기억하고 있었다.

애꾸의 무인. 얼굴에 수십 개의 검흔이 죽죽 그어져 있는 무시무시한 모습이었다.

어린 소하는 그것이 너무나도 두려워 돌 벽에 숨은 채로 그들을 바라보고 있었다.

"아이들, 아이들만은 살려주시오. 내가 대신해서 갈 터이니."

소하의 아버지는 무릎을 꿇은 채 그리 애원하고 있었다. 처음이었다.

아버지는 언제나 엄격하고 남에게 굽히지 않는 이였다. 아무리 분가라고 해도 한 세가를 맡은 자는 언제나 고고해야만 한다고 가르쳐 왔었다.

그런 이가 처음으로, 자식들을 지키기 위해 그런 말을 꺼내 놓았던 것이다.

타격음이 울렸다.

"아버지!"

소하는 여동생이 지르는 비명을 들었다.

발에 걷어차여 나뒹구는 아버지를 보자, 소하는 그걸 도저히 견딜 수가 없었다. 눈앞이 뿌옇게 변하고 등줄기에서 섬뜩한 감정들이 끓어올랐다.

애꾸의 무인은 손에 들고 있는 칼을 들어 올렸다.

"월교를 거스르는 자."

은빛이 허공에서 번쩍였다.

"피를 보리니!"

*　　　*　　　*

"살아 있다!"

"으아아아악!"

소하는 눈을 뜬 순간, 구 노인의 동그란 얼굴이 붙어 있다시피 자신의 눈앞에 자리해 있는 걸 보고는 고함을 지르고 말았다.

그것에 부스럭거리는 소리가 들리며 마 노인이 모습을 드러냈다.

"나름 잘 견뎠군."

눈을 몇 번 비빈 그는 이윽고 소하에게 다가와 그의 손목을 붙잡았다.

"경맥이 상한 것 같진 않군. 튼튼한 몸을 물려준 부모에게 감사해라. 꼬마야."

그 말에 소하는 멍한 표정을 지을 수밖에 없었다. 얼마나 오래 잠들어 있었던 걸까? 아직까지도 말단의 감각이 제대로 돌아오지 않아 마치 꿈속에서 너울너울 떠 있는 듯했다.

"일단 좀 걸어라. 구 영감아, 물 어딨지?"

"내가 가져올게!"

성큼 나서는 구 노인의 모습에 마 노인은 소하의 손을 잡고 그를 일으켰다.

"억지로라도 걸어. 그래야 근육이 안 상해."

"네, 네."

당황한 소하는 휘청대는 몸을 억지로 지탱하려 했지만 이상하게 몸에서 이는 뜨거운 기운에 윽 하고 신음을 내뱉었다. 손과 발을 움직일 때마다 알 수 없는 힘이 느껴졌던 것이다.

"이건……."

아픔이 아니다. 그저 힘이 넘쳐 저도 모르게 몸이 헛나가는 것이다.

"내공을 처음 느끼면 다 그렇게 되지."

마 노인은 그리 말하며 투덜투덜 넋두리를 늘어놓았다.

"원래 너 같은 새파란 애송이가 먹기에는 한참이나 대단한 영약이다. 평생의 운을 다 쓴 거라고 생각해."

"영약이요?"

소하의 물음에 마 노인은 불퉁스레 고개를 끄덕였다. 소하가 환열심환을 먹은 게 꽤나 불만인 표정이었다.

"그래. 서약사(西藥師) 모진원(募盡源)이 만든 희대의 영약이다."

'서약사?'

전혀 들어본 적이 없는 무명이었다.

소하가 눈만 똘망똘망 뜬 채로 바라보고 있자 마 노인의 입가에서 허탈한 한숨이 새어 나왔다.

"에휴. 널 잡고 푸념해 봤자 의미가 없겠다. 걷기나 해, 이놈아!"

그 소란에 소하는 결국 억지로 발걸음을 옮겨야만 했다. 한 걸음, 한 걸음씩 몸을 움직일수록 조금씩 뜨거웠던 몸이 진정되는 느낌이 들고 있었다.

"일단 네 전신이 갑작스런 약효에 익숙해지는 게 우선이니까.

피를 온몸으로 돌린다는 생각을 계속하면서 걸어라."

"온… 몸으로 돌린다……."

소하는 중얼중얼 그 말을 따라하며 상상을 해보았다. 피를 돌려? 애초에 그게 자력으로 가능할 리가 없었다. 하지만 옆에서 부리부리한 눈으로 자신을 바라보고 있는 마 노인이 있기에 그런 투정을 부리기는 힘들었다.

그러던 중 멀리서 현 노인의 모습이 보였다.

"일어났구나."

여전히 사람 좋은 미소를 짓고 있는 그였다. 마 노인은 현 노인을 보더니만 머리를 벅벅 긁으며 말을 꺼냈다.

"일단 죽지는 않을 모양이야."

"그런가? 천운(天運)일세."

안도한 표정의 현 노인은 이윽고 소하에게 고개를 돌리며 말했다.

"조금 힘들겠지만, 따라오너라. 이야기할 것도 있으니."

세 노인은 소하를 데리고 길을 나왔다. 길쭉한 복도가 끝나자 다시 이전 보았던 넓은 공간이 드러났다.

"이쯤 걸어왔으면 얼추 괜찮으려나?"

마 노인의 질문에 현 노인도 동의해 보였다. 일단 소하의 몸이 제대로 움직인다는 사실은 확인했던 것이다.

물론 소하는 땀범벅이 된 채, 시야마저 희미해지고 있는 상황이었다. 몸에 있는 열기가 계속해서 머리로 올라와 얼굴이 새빨갛게 변해 있었다.

'죽겠네.'

그냥 걷는 것만으로도 속이 울렁거리고 구토가 쏟아질 것 같았다. 몸에 흡수된 환열심환이 아직까지 요동치고 있는 탓이었다.

"여기 앉아라. 한 번 더 몸을 풀어줘야 하니."

겨우 살았다며 속으로 탄성을 지른 소하는 마 노인이 가리키는 곳에 허겁지겁 주저앉았다.

"좋아하긴, 이제부턴데."

"이제부터라뇨… 윽!"

소하는 순간 등에 느껴지는 찌릿한 통증에 소리를 내뱉었다. 마치 긴 바늘이 살을 파고드는 기분이었다.

비명이 들리자 마 노인은 손가락을 소하의 등에 댄 채로 비죽 웃음을 지었다.

"아픈 건 이제부터니까, 혀 안 깨물게 어금니 잘 물고 있어라."

"허허. 조금만 참으면 될 게다."

그 순간 소하는 얼굴이 온통 일그러질 정도로 강렬한 아픔을 느꼈다. 마 노인의 손가락은 마치 칼날이라도 되는 양, 살을 후벼 파는 고통이 전해져 왔던 것이다.

"입 벌리면 죽을 수도 있다. 구 노인아, 잘 보고 있어."

"응! 입 벌리면 죽는대!"

히히 웃으며 순진하게 말하는 그 얼굴, 소하는 몸을 부르르 떨며 고통에 인상을 와락 찡그릴 수밖에 없었다.

'산 넘어 산이네!'

그리고 한참의 시간이 지난 뒤에야 그 고통은 끝날 수 있었다.

"생각보다 짧게 됐군."

"이 녀석 근골이 괜찮네."

세 노인이 나누는 대화에 소하는 어이가 없어 열이 뻗쳐 나올 지경이었다. 그 시간 동안 소하는 차라리 혀를 깨물고 죽는 게 낫지 않을까 하는 생각마저 들었던 것이다.

마 노인은 몸을 일으키며 소하의 팔을 이리저리 들었다 내려 보았다.

"흐음. 다행히 뼈가 삭거나 하지는 않았네."

"극양(極陽)에 치우친 환단이니 그럴 수도 있었겠군."

소하가 어질어질한 머리를 가누지 못하고 이리저리 휘청거리자 마 노인은 피식 웃음을 지었다.

"물이나 먹어라. 아주 꿀맛일걸."

옆에서 구 노인이 물을 떠온 터였다. 돌을 깎아 만든 바가지, 소하는 그걸 들자마자 허겁지겁 입안으로 흘려 넣었다.

차디찬 물이 식도를 통해 내려가자 온몸에 소름이 돋아 올랐다. 겨우 살 것 같다는 생각, 그리고 몸을 덮고 있던 강한 열기가 그제야 조금 가라앉는 기분이었다. 후아 소리를 내며 소하가 바가지를 내려놓자, 얼른 구 노인은 한 번 더 물을 가득 떠서 건네주었다.

"이제 좀 이야기를 할 수 있겠군."

꿀꺽꿀꺽 물을 마시는 모습에 현 노인이 그리 말하자 마 노인과 구 노인도 앞으로 걸어가 소하의 앞에 주저앉았다.

현 노인의 입가에 미소가 감돌았다.

"어떠냐. 조금 나아졌느냐?"

잠시 손을 쥐었다 펴 본 소하는 이윽고 넙죽 절을 했다.

"감사합니다."

이들이 소하를 위해 무언가를 더 해줬다는 것은 묻지 않아도 알 수 있었다.

소하의 절에 현 노인은 살짝 웃더니만 옆쪽의 마 노인을 눈짓했다.

"흥, 그래. 당연히 절을 해야지. 일천배(一千拜)를 해도 모자랄 거다."

틱틱대는 그 말에 현 노인은 허허 소리를 내며 웃은 뒤, 수염을 쓰다듬으며 소하에게 말했다.

"네가 무사한 게 무엇보다 다행이다. 소하 동자야."

소하가 조심스레 고개를 들자, 세 노인은 그를 바라보고 있었다.

"우리에 대해서도 소개를 해야 할 것 같구나."

이 세 노인이 평범한 사람이 아니란 것은 일찍이 알고 있었다. 이전 보여주었던 어마어마한 힘, 애초에 용암으로 떨어지던 소하를 넝쿨 하나로 잡아챈 것만 해도 그들이 지닌 힘을 알게 해주는 대목이었다.

"우리는 전대 무림에서 오절(五絶)이라 불린 자들이란다."

씁쓸하다는 듯 혀를 차는 마 노인의 모습.

소하는 그것에 눈을 동그랗게 떴다. 이전 운현에게서 무림의 여러 이야기를 들었던 소하였다.

"오절이라면……!"

소하의 당황한 목소리에 마 노인은 씩 웃음을 지었다.

"그래. 우리가 천하에서 가장 강한 다섯 놈이라던 천하오절(天下五絶)의 셋이지."

*　　　*　　　*

"당금 무림에는 수많은 고수가 있지. 구파일방을 포함한 명문과 오대세가, 그리고… 그들을 제외하고도 흑은방(黑銀房), 맥사림(貊蛇林), 천협검파(穿峽劍派) 등등 말이야."

운현은 어깨 밑까지 내려온 머리를 넘기면서 그리 중얼거렸다. 밤이 되면, 소하는 늘 형의 방으로 놀러 갔다. 수련을 마친 형과 함께 놀 수 있는 건 바로 그 시간밖에 없었기 때문이었다.

운현 역시 소하를 반가이 맞아주었고, 두 형제는 이불 하나에 누워 여러 가지 이야기를 나누었었다.

"그중 가장 유명하다 할 수 있는 건 바로 천하오절이란다."

"천하오절……."

소하가 멍하니 그 이름을 되뇌자, 운현의 얼굴에 미소가 감돌았다.

"개개인의 힘으로 천하를 오시할 수 있다 알려진 절정의 고수들이지."

그들의 이야기는 그야말로 신비했다.

한 걸음에 수십 장을 주파할 수 있는 발을 지닌 자, 그리고 태산(泰山)도 쪼개 버릴 힘을 지닌 자. 그 뜻과 검이 이미 하늘에 들었다는 신선(神仙)들에 대한 이야기.

소하는 궁금증이 일었다.

"그럼 형, 누가 제일 센 거야?"

"천하오절에서? 음… 원래 이런 건 선뜻 말하기 어려운 것이지만."

운현은 살짝 웃음을 지었다.

"아무래도 역시 혁 대협이겠지."

"그럼 왜 일절(一絶)이 아닌 걸까?"

소하의 정말 궁금하다는 시선에 운현은 하하 소리를 내며 웃었다.

"글쎄다. 내가 혁 대협이 아니어서 잘은 모르겠지만, 그분 나름대로의 뜻이 있겠지."

시천마 혁무원.

천하오절에서도 무림인 모두의 경외를 한 몸에 받는 무림제일인이었다. 운현 역시 그를 동경했기에 눈을 반짝이며 말을 이었다.

"천하오절이라고 불리는 분들은 모두 우리의 상상을 뛰어넘는 힘을 지니신 절정의 고수들이야."

운현의 눈에 담긴 감정은 소하 역시도 알 수 있는 것이었다.

그는 천하제일이란 이름을 동경하고 있었다.

"언젠가 나도 그 세계에 발을 들여놓고 싶구나."

모든 무림인의 숙원(宿願)과도 같을 것이다.

소하는 달빛에 비치는 형의 옆얼굴을 올려다보며, 조용히 생각을 해보았다. 무림을 종횡하며 협을 펼치는 형의 멋진 모습을 말이다.

"꼭 그럴 거야."

소하의 말에 운현은 빙긋 웃으며 그의 머리를 쓰다듬었다.

"그래, 기다려 주렴."

형제는 그렇게 서로 웃었다.

*　　　*　　　*

"뭐냐. 그 뭣 씹은 것 같은 얼굴은?"

"아니… 너무 놀라서요."

사실 이들이 천하오절 같은 대단한 이들이란 생각까진 하지 않았었기에 소하는 표정을 제대로 조절할 수가 없었다.

마 노인은 킁 소리를 내며 고개를 흔들었다.

"의심하는 것 같은데."

"뭐, 의심하면 어떻겠나. 사실을 말하는 것인데."

현 노인의 자애로운 목소리에 소하는 고개를 끄덕였다. 사실 의심한다고 해서 뭐가 될 일도 아니었던 데다, 목숨을 구해준 이들에게 그런 말을 한다는 건 정말로 예의가 아니라 생각했던 것이다.

"믿겠습니다."

"뭐야! 현 영감이 말하니 그런 거냐?"

"아, 아니에요."

마 노인이 으르렁거리며 이를 내보이자 소하는 쩔쩔매며 손을 휘저을 뿐이었다.

"뭐, 아무래도 좋다. 대충 우리가 누군지는 아는 것 같은데."

"흠."

마 노인이 입술을 삐죽 내밀고 있자 현 노인은 웃으며 입을 열었다.

"나는 현암(玄庵)이라 한단다. 무림에서는 백로검(白露劍)이라 불렸지."

고고한 기운을 가진 노인, 흰 수염을 늘어뜨린 그는 그렇게 자신을 소개했다.

"나는 구영무(求榮茂)! 무림에서는… 저기, 나 무명(武名)이 뭐였지?"

마 노인에게 묻자 마 노인의 심기가 더욱 불편해진 모양이었다.

"십이능파(十二凌波)!"

"아, 맞아! 그거였어!"

소하는 얼떨떨한 표정을 지어 보일 뿐이었다.

"나는 마령기(麻逞驥). 무림에서는 굉천도(轟天刀)라 불렸다."

그것에 마 노인의 눈이 기대감으로 물들었다. 자, 어떠냐는 눈. 소하가 자신들의 무명을 듣고 고수를 뵙는다며 머리를 조아리는 것을 기다렸기 때문이었다.

그러나 소하는 눈만 똘망똘망하게 뜬 채 그들을 바라보고 있을 뿐이었다.

"반응이 그게 뭐냐."

마 노인의 질문에 소하는 당황해하다 이윽고 손을 들어 뒷머리를 긁었다.

"저기… 그게, 형한테 천하오절 분들의 자세한 내용까지는 들은 적이 없어서……."

"뭣?"

그것에 현 노인의 입에서 청량한 웃음이 터져 나왔다.

"하하하하! 그래. 당연한 일이지. 시간이 그만큼 지났으니."

마 노인의 표정이 붉게 변했다. 순간 자기만 이상한 사람이 된 것 같아 자존심이 상했던 것이다.

"이런 아는 것도 없는 멍청한 꼬맹이! 우리가 누군지 알았으면 넌 지금쯤 무릎이 닳아 없어지도록 절을 하고 있었을 거다!"

"그런 말을 하셔도… 전 모르는걸요."

소하가 난감해하는 것에 현 노인은 배를 잡고 웃는 중이었다. 구 노인 역시 킥킥거리며 말을 이었다.

"모를 수도 있지!"

"이놈의 영감들이… 나만 이상한 놈 만드는군……."

괜스레 우울해지는 마 노인의 표정에 소하는 당황했다. 자신

때문에 그의 감정이 나빠지는 걸로 보였던 것이다.

"네가 뭐라 할 필요는 없다. 그냥 내가 씁쓸해진 거니."

마 노인은 툴툴거리면서 턱을 문질렀다. 성성하다 못해 삐죽삐죽 솟구친 수염들. 그는 그것을 몇 번 긁다 한숨을 푹 내쉬었다.

"시간이 흐르긴 흐르는군."

"이곳에 갇혀 있는 동안에도 무림은 바뀌어 갔겠지. 세상에 영원불변이란 없는 법이니."

현 노인은 그리 말하며 희미한 웃음을 지었다.

"월교 역시 계속해서 유지될 수는 없을 걸세."

*　　　*　　　*

"정말 안타까운 일이군."

미리하는 허탈한 웃음을 입가에 머금은 채 그리 중얼거렸다.

"혈각호도 죽고, 애써 만들어놓은 지하 공간이 그렇게 붕괴할 줄은."

혁월련의 취미에 대해서는 아무래도 좋았지만, 거기서 일어난 사건에 의해 환열심환이 사라진 건 상당히 큰 문제였다.

"환열심환이 소실되었다는 건 심각한 문제다."

들려온 남자의 말에 미리하는 선뜻 고개를 끄덕였다. 확실히, 철옥에서 일어난 자그마한 사건으로 치부하기에는 너무 커져 버렸다.

"서약사가 마지막으로 남겼다는 환단이 사라진 데다… 소교주는 부상까지."

피를 철철 흘리며 이송되었다는 말까지 전해들은 후였다.

미리하는 고개를 저으며 앞을 바라보았다.

"그럼, 그들의 뜻은 어떻지?"

두건을 둘러쓴 남자 둘은 조용히 그녀를 응시하고 있었다. 그들은 오대천주 중 두 명의 천주를 대신해 말을 전하러 이곳에 온 자들이었다.

그들의 뜻이 곧 오대천주의 뜻이나 마찬가지라는 소리였다.

"시천마의 재림(再臨)을 두고 볼 수는 없다."

그들은 단호히 그렇게 말했다.

시천마.

이제까지 월교를 포함한 모든 무림에 가장 거대한 그림자를 드리운 이름이었다.

천하제일.

무림제일.

고금제일.

모든 이들이 시천마를 칭송했다. 천하오절의 한 명이었지만, 그가 가장 뛰어나다는 것은 누구나 알 수 있었기 때문이었다. 그렇기에 모두 천하제일을 동경했고, 그의 그림자를 좇았다.

그가 시천월교와 한패라는 것이 드러나, 무림정복에 나서기 전까지는 말이다.

"어차피 소교주는 이제 아무것도 얻을 게 없어. 환열심환이 가진 극양의 내공 역시 사라져 버린 데다, 시천무검을 가지지 않았다는 것도 확실해지고 있으니까."

두건을 쓴 자들은 고개를 끄덕였다. 그들이 가장 걱정하고 두려워하던 게 바로 혁월련이 시천마의 독문무공인 시천무검을 지니지 않았을까라는 것이었다. 그것이 있다면, 월교의 모두가 혁월련을 새로운 천마로 받드는 것에 동의해야만 했다.

"우리도 그렇기에 이곳으로 온 것이다."

미리하의 눈이 조금 가늘어졌다.

"결국 그들도 소교주를 따르지 않겠다는 뜻이겠군."

두건을 쓴 자들의 눈이 미리하를 향했다.

"당신은 그렇지 않나? 냉옥천주."

그녀의 입가에 미소가 걸렸다.

"당연하지."

두건을 쓴 자들이 서로 눈빛을 주고받은 뒤 물러나자, 그녀는 가볍게 고개를 젖혔다.

"위홍(委泓)."

"예."

그녀의 부름에 뒤쪽에서 대기하고 있던 여인 한 명이 앞으로 나섰다.

"내 밑에서 정보를 빼돌리는 놈이 있어."

"처분하겠습니다."

두 눈을 감고 있던 그녀는 예의 바르게 고개를 숙이며 그렇게 말했다.

냉옥천주가 있는 곳은 남자의 출입이 극히 제한된다. 철은천주나 오대천주 급 이상의 손님이 아니라면 거의 들어오지 못한다고 봐도 무방했다.

'정보가 새고 있는 건 좋아. 그런데…….'

그녀는 입술을 짓씹으며 인상을 찡그렸다.

'어디로 새고 있는 거지?'

일단 그것을 알아내야만 했다. 위홍이 걱정스런 표정으로 자신을 바라보고 있는 것에 미리하는 이내 매혹적인 미소를 지었다.

"아무 걱정 마. 어차피 시천월교는 이제 껍데기밖에 남지 않았으니."

시천마의 실종.

모두가 은연중에 깨닫고 있었다. 시천마라는 절대자의 힘이 있었기에 월교는 여기까지 온 것이다.

"시천마와 같은 힘을 얻을 수 있는 유일한 기회를 소교주는 잃어버렸어."

환열심환이란 혁무원의 놀라운 힘을 조금이라도 따라잡기 위해 만들어진 환단이었다. 이제까지 있던 전 무림의 지식을 한데 모아 만든 영약. 그러나 이후 서약사는 그것을 잃어버렸다고 공표했고, 모두의 기억에서 지워져 버린 뒤였다.

'환열심환이 시천월교의 내부에 있었다.'

그것부터가 의심스럽기 그지없는 일이었다. 예전부터 계속 천망산에 환열심환이 숨겨져 있다는 말은 돌았었지만, 그게 진짜일 줄이야.

'누군가 정보를 퍼뜨리고 있다는 걸 수도 있겠지.'

미리하는 고운 미간을 찌푸리며 한숨을 내뱉었다. 너무 생각할 것이 많아지고 있었다. 위홍이 옆에서 여전히 걱정스런 표정을 짓는 것에 그녀는 담담히 중얼거렸다.

"뭐… 그런 영약을 먹은 자가 있다면, 천혜(天惠)를 받은 것이나 마찬가지겠지만 말이야."

*　　　*　　　*

"어허! 팔이 늦다!"

소하는 그 소리에 팔을 돌리는 속도를 더욱 높였다.

'죽겠네!'

혈천옥에 들어온 지 어느덧 삼 일이 지났다.

그동안 소하는 하루 종일 마 노인에게 끌려다니며 그가 시킨 자세를 하고 있어야만 했다. 소하는 근육이 저리며 팔이 마치 돌처럼 무거워짐을 느끼곤, 신음을 뱉으며 말을 겨우겨우 꺼냈다.

"이걸 언제까지… 해야……!"

"몸 안에 있는 기운이 다 녹아야지. 영약이 그냥 앙 삼킨다고 다 되는 줄 알았냐? 넌 무공도 배운 적이 없으니까 무식하게 움직여야 돼."

마 노인은 계속 자세를 유지하라 말할 뿐이었다.

소하는 마보(馬步)를 취한 채 두 팔을 정신없이 원을 그리며 돌리고 있었다.

자기 스스로도 바보같이 느껴지는 자세였지만, 하지 않으면 뼈가 삭고 근육이 녹아버릴 수도 있다는 무서운 말을 들으니 결국 따를 수밖에 없었다.

"배고프면 벽곡단(辟穀丹)이 저기 쌓여 있으니, 그걸 먹어라."

그랬다. 혈천옥은 아무도 접근하지 않는 감옥. 그런데 어떻게 이들이 살아 있나 궁금했었던 소하는 현 노인을 졸졸 따라다니며 그들의 생활을 구경했었다.

소하가 본 혈천옥은 감옥이라는 느낌이 잘 들지 않는 곳이었다. 한쪽으로는 지하수가 마치 강처럼 흐르고 있었고, 구석에는 벽곡단이 가득 쌓인 통이 수백 개는 준비되어 있었다. 씻고 볼일을 보는 것까지 모두 해결할 수 있는 데다, 벽곡단 덕에 끼니까지 해결되는 것이다.

벽곡단이라는 조그마한 단환을 입에 넣고 씹자 소하는 특이하게 공복이 사라지는 것을 느꼈다. 공복뿐이랴. 먹고 나니 기운이 돌고 정신이 멀쩡해졌다. 소하는 그 정체에 대해 궁금증이 일 정도였다.

이 정도면 감옥이 아니라 수련을 위한 장소라는 느낌까지 들 정도였으니까.

"열심히 하고 있구나."

옆에서 현 노인의 목소리가 들렸다. 그는 옷들을 빨고 온 듯, 허리에 세탁물이 든 바구니를 들고 있었다.

마 노인은 그 말에 한숨을 내쉬었다.

"택도 없어. 양기가 너무 강해서 아무리 해도 나아질 기미가 안 보이네."

그 말에 소하는 쩍 입을 벌릴 뿐이었다. 아니, 이렇게나 열심히 팔을 돌리고 있거늘! 마보를 취하고 있는 허벅지도 마치 터져 나갈 것 같은 아픔이 찾아온 지 오래였다. 하루 종일 이것을 하다가 밤만 되면 쓰러져 죽은 듯 잠만 잔 게 어느덧 사흘째였다.

"삼 일 동안이나 했는데……!"

"얌마! 그 영약이 어떤 건지나 아냐! 무림의 내로라하는 놈들이 손이 발이 되게 빌어도 얻지 못했던 물건이얌마! 삼 일만에 다 처먹을 수 있을 거라 생각하는 게 도둑놈 심보 아니냐?"

마 노인의 성화에 소하는 찍소리도 하지 못하고 입을 다물 수밖에 없었다. 결국 포기한 채로 열심히 팔을 흔들고 있는 모습에 마 노인은 고개를 절레절레 흔들었다.

"한 몇 년 정도 저러고 있으면… 어찌어찌 약효가 빠져나가 장수(長壽)할 수는 있겠지."

그것에 소하는 미간을 일그러뜨릴 수밖에 없었다. 이 짓거리를 몇 년 동안 더 해야 한다? 정말 절망적인 일이었다. 사흘을 했는데도 죽을 것만 같은데, 그 수백 배를 더 해야 한다니!

현 노인은 잔뜩 절망한 소하를 빤히 바라보다 이윽고 흠 소리를 내었다.

"그럼 다른 방법은 어떤가?"

"어떤 거?"

"심법(心法)을 익히면 되지 않겠나."

심법? 소하가 팔을 돌리면서 자신을 바라보는 것에 현 노인은 미소를 지을 뿐이었다.

그와는 반대로 마 노인의 표정은 잔뜩 굳어지고 있었다. 그는 잠시 눈살을 찌푸렸다가 이윽고 조심스레 입을 열었다.

"현 가야, 지금 네가 하는 말은……."

"알고 있네. 어차피 내가 가진 것과 자네가 가진 것으로는 조금 힘들지 않겠나? 둘 다 극양과는 거리가 먼 성질이니."

마 노인은 꺼림칙하게 고개를 끄덕여 보였다. 그의 눈은 현 노인의 말을 믿기 힘들다는 듯 더욱더 가늘어졌다.

"그래서 저 영감한테 부탁하자?"

멀리서 구 노인이 하하하 웃으면서 이리저리 빙글빙글 돌고 있는 모습이 보였다.

소하의 관찰 결과, 구 노인은 심심할 때마다 저렇게 혼자서 실성한 것처럼 돌아다니곤 했다. 현 노인 역시 마 노인의 손가락을 따라 혼자 마구 웃으면서 놀고 있는 구 노인을 바라보았다.

"…물론 아니지."

현 노인도 저 모습을 견디기가 살짝 힘들었던 듯 대답이 늦는 모습이었다.

"그럼?"

"한 명이 더 있지 않나."

"한 명이 더 있어요? 여기에?"

땀범벅이 된 채로 팔을 돌리던 소하의 물음에 두 명 다 고개를 끄덕여 보일 뿐이었다.

"다만 혼자 있는 걸 좋아하는 터라 우리와는 어울리지 않는 편이지."

"정신이 이상한 놈이다."

현 노인과 마 노인의 평가에 소하는 고개를 끄덕이며 팔을 빙글빙글 돌렸다. 일단 그것보다는 마 노인이 시킨 것을 지속하는 게 중요했다. 이제 거의 어깨 아래로는 감각조차 제대로 느껴지지 않을 정도였다.

"네 마음이 가장 중요하겠지. 이제 그만 멈춰도 된단다."

"으아!"

그 말에 소하는 겨우 살겠다며 팔을 멈추곤 자리에 주저앉았다. 이마에서 땀이 줄줄 흐르는 통에 눈이 쑤실 정도였다.

"뭘 그 정도로 아파하긴."

마 노인이 툴툴대는 것에 현 노인은 허허 웃으며 그에게로 다가갔다.

"소하 동자야."

올려다보는 소하의 눈을 바라보며 현 노인은 여전히 자애로운 미소를 지은 채로 입을 열었다.

"무공을 배워볼 생각이 있느냐?"

*　　　　*　　　　*

"아아아아악!"

괴성이 들렸다.

시비(侍婢)들이 부르르 몸을 떨었다.

혁월련은 광기에 찬 고함을 지르며 탁자 위의 장식품들을 모두 쏟아 땅으로 던져 버리고 있었다.

깨지는 소리와 함께 주변이 어지럽혀지는 모습.

성중결은 문 밖에서 조용히 그 장면을 주시하다 눈을 돌렸다.

"이, 빌어먹을 놈들!"

길게 숨을 토해내는 혁월련에게 두려움을 느낀 시비들은 슬금슬금 문 쪽으로 물러서고 있는 상황이었다.

언제 그의 허리춤에서 검이 뽑아져 나올지 알 수 없었다. 혁월련은 그런 시비들의 모습에 인상을 일그러뜨리며 고함을 내질렀다.

"네년들까지 나를 무시하느냐!"

섬뜩한 소리와 함께 은빛이 번쩍인다. 혁월련이 기어코 검을 빼어 든 것이다. 시비들이 비명을 지르는 순간, 혁월련은 성큼 발을 내디디며 그들에게 검을 치켜들었다.

"소교주."

그러나 그것은 손가락에 의해 막힌다.

예리하게 날이 서 있는 검을 한 손가락으로 가볍게 막아낸 성중결은 엄중한 눈으로 혁월련을 내려다보고 있었다.

키가 훨씬 큰 성중결이 자신을 내려다보고 있자 혁월련의 눈가가 잘게 떨렸다.

“성… 아저씨.”

자신이 지금 무엇을 하고 있었는지 뒤늦게야 자각한 듯, 혁월련은 몇 번이나 심호흡을 한 뒤에야 검을 내릴 수 있었다.

‘큰일이군.’

붕대가 피로 축축하게 젖어 있다. 화를 내던 중 겨우 아문 상처가 다시 터져 버린 것이다. 혁월련은 머리를 뒤덮는 듯한 아픔에 인상을 구기며 중얼거렸다.

“그 망할 놈들이…….”

숨을 헐떡이는 모습. 그가 어떤 소식을 전해 들었는지는 성중결 역시 알고 있었다.

‘천주들의 회동(會同).’

성중결은 거절했지만 이미 네 천주는 한데 모여 무언가 이야기를 나누고 있었다. 엄연히 장로와 소교주가 존재함에도 제멋대로 월교 내에서 움직였다는 사실에 혁월련은 분노하고 있는 것이다.

“저를 무시했습니다.”

처음에는 참으려 했지만, 사정을 전부 알게 된 혁월련은 분노해 오대천주에게 서신을 보냈다. 제멋대로인 행동은 용서하지 않겠다는 내용, 그러나 그것에 대해 천주들은 코웃음을 칠

뿐이었다.

저희의 충성은 언제나 시천마를 따릅니다. 큰 심려 마시지요.

그 대답에 혁월련은 상처가 다 터질 정도로 분노했다. 그들은 시천월교를 따른다 이야기하지 않았다. 이제는 사라진 시천마 혁무원의 이름만을 꺼냈을 뿐이다.

"내가 이 월교의… 교주가 될 몸이거늘……!"

주먹을 꾹 쥔 채 부들부들 떨고 있는 혁월련을 보던 성중결은 옆쪽의 시비에게 천을 받아 조용히 그의 턱을 타고 떨어지는 핏물을 닦아주었다.

"강해져야 합니다, 소교주."

혁월련의 눈이 성중결을 향했다. 그는 무표정하게 피를 닦고 있을 뿐이었다.

"지금의 무례(無禮)는 모두 힘이 없기에 벌어지는 일입니다."

"내가 어찌해야 한다는 말이지요?"

혁월련의 눈에서는 분노가 일렁이고 있었다.

'어쩔 수 없는 일이겠지.'

성중결도 알고 있었다. 혁월련은 시천마의 핏줄. 비록 직계(直系)는 아니라지만 그는 천하제일인이 될 가능성을 감추고 있는 이였다.

하지만 때가 좋지 않았다. 그에게 무공을 물려줬어야 할 시천마는 아무것도 남기지 않은 채 사라져 버렸고, 월교의 간부들은 그것을 알자 혁월련을 홀대하기 시작했다.

그의 역할은 꼭두각시로 족했던 것이다. 시천마의 피를 이었다는 명분으로 시천월교를 계속 유지시키기만 하면 된다. 그가 강할 필요는 없었다.

시천무검이라는 천하제일의 검공이 없는 이상 혁월련은 함부로 나설 수도 없었다. 만약 월교 내에 그가 시천마의 무공을 가지고 있지 않다는 사실이 알려져 버린다면, 세력 다툼이 크게 번지는 결과를 초래할 것이다.

'믿을 자가 없다는 게 크겠지.'

혁월련에게 있어 결국 성중결 이외에는 의지할 곳이 없다는 뜻이었다.

"무공을 익히십시오, 어떤 것이라도."

일단은 강해져야만 했다.

그러나.

그 순간 혁월련의 눈이 격하게 일그러졌다.

"그게 무슨 소리죠?"

성중결은 침묵할 수밖에 없었다. 혁월련은 광기로 번들거리는 눈을 번득이며 입술을 깨물고 있었다.

"그럼 전 아무것도 아닌 게 돼요. 성 아저씨."

'소교주.'

그는 내심 탄식이 나올 것만 같았다.

혁월련에게 있어서 시천마란 그를 버티게 해주는 유일한 존재였다. 다른 무공을 익히는 순간, 그는 시천마의 핏줄이 아니라 평범한 월교의 무인으로 전락할 지도 모른다는 두려움이 있는 것이다.

"나는 시천마의……."

주먹을 쥐며 눈을 내리는 모습에 성중결은 고개를 돌리며 말을 이었다.

"누구나 변해야 할 때는 있습니다."

그러나 여전히 혁월련은 답하지 않았다.

*　　　*　　　*

"아가씨."

유원은 멀리서 들리는 소란스러움에 한숨을 내쉬었다.

성중결의 도움을 받아 어떻게든 안전한 장소에 도착하긴 했지만, 시천월교는 그녀가 마음 놓고 편하게 지낼 수 있을 만한 곳이 아니었기 때문이었다.

"소천마에게 문제가 있다는 건 사실이었나 보군요."

곽위의 말에 유원은 고개를 끄덕여 보였다. 이전, 그가 자신의 취미를 즐기다 큰 부상을 입었다는 건 어느 정도 소문을 들었던 터였다. 그곳에서 감시를 하던 무인들은 소하가 혈각호를 타고 달려들던 것을 보았기 때문이었다.

'그 녀석.'

그는 결국 영보의 복수를 했다. 혁월련에게 있어 목숨같이 소중한 환열심환을 잃게 했고, 부상마저 입혔다.

"살아남는 것만을 생각하셔야 합니다."

곽위는 엄중하게 그리 말했다. 그 말에 유원은 슬픈 표정을 지을 뿐이었다.

소하는 결국 죽었다.

용암 아래로 떨어져 시체조차 찾을 수 없었다고 했다.

사람은 너무나 허무하게 죽는다.

"응."

유원은 그렇기에 입술을 꽉 깨물었다.

"살아남아야 해."

이제까지처럼 행동해서는 절대 앞으로 나아갈 수 없었다.

변해야만 했다.

*　　　　*　　　　*

"무공이요……?"

소하의 당황한 시선에 현 노인은 고개를 끄덕여 보였다.

"네 상태를 솔직히 말하자면… 위험하다고 할 수 있단다."

환열심환은 단순히 몸을 움직이는 것만으로 약효가 끝나는 것이 아니다. 천하제일을 만들어내기 위한 집념이 깃들어 있는 환약, 그것은 극양의 기운을 통해 체내의 단전을 강제로 활성화시키는 힘이 있었다.

"내공을 가지고 있는 이였다면 모르겠지만… 단전을 써본 적이 없는 네게는 너무나 약효가 좋은 것이지."

계속해서 몸을 움직이게 해 억지로나마 약효를 발산시키곤 있었지만, 환열심환이라는 힘의 대부분을 소하가 받아들이지 못한다는 점이 문제였다.

앞으로도 계속해서 몸에 폭탄을 안고 살아가야 한다는 뜻이다.

소하는 당황해 현 노인을 올려다보고 있었다.

"그럼, 전 어쩌죠?"

"그래서 물어본 거다."

옆에서 마 노인도 슬쩍 소하를 바라보고 있었다.

"내공심법(內功心法)을 배워라. 그러면 어느 정도 기운이 갈무리가 될 테니까."

단전 내에 정착만 시킨다면 어떻게든 약의 기운을 내공으로 전환시킬 수 있었다.

소하는 그 말에 당황한 듯 입을 뻐끔거릴 뿐이었다.

"하지만……."

"무언가 걸리는 것이라도 있느냐?"

소하의 반응은 명백히 이상했다. 무공을 배우지 않으면 몸이 위험하다. 그렇다면 당연히 익히겠다 답할 줄 알았거늘, 현 노인의 생각과는 다르게 우물쭈물하고만 있을 뿐이었다.

"무공을 배우는 게 무섭기라도 한 거냐?"

마 노인이 날카롭게 그리 말했다. 움찔하는 소하의 몸. 어깨가 떨리는 것에 마 노인은 허어 하고 혀를 찼다.

"이거 영 겁쟁이구만."

"마 노인, 너무 그러지 말게."

현 노인의 조용한 질책에 마 노인은 고개를 돌렸다.

"천하제일의 영약을 처먹고, 천하오절이 무공까지 알려주겠다는 데도 그걸 걷어차는 놈이 있는데. 어이가 없는 게 당연하지."

현 노인 역시 마 노인과 마찬가지인 생각이었다.

"소하 동자야."

현 노인의 손이 다시금 어깨에 올라가자 소하는 푹 숙이고 있던 고개를 들어 올렸다.

그 눈 속에 스며들어 있는 것은 두려움이었다.

'무엇을 이리도 무서워하는 것일꼬.'

일단 소하의 상태를 최대한 자세하게 알려주는 것이 중요했다. 여기서 죽게 놔둘 수는 없었기 때문이었다.

"일단 내공심법을 배워보는 것은 어떠하겠느냐? 익힌다 해도 네가 그것을 사용하지 않으면 그냥 몸이 튼튼해질 뿐이니."

그것에 조금 설득되는 표정이었다. 내공을 가진다고 해도 사용하지 않는다면 그저 몸에 조금 더 활력이 생길 뿐이다. 마 노인은 어이가 없다며 혀를 차고 있었지만 말이다.

"그리고 내 개인적인 부탁도 하나 있단다."

부탁? 소하가 눈을 동그랗게 뜨자 현 노인은 빙긋 웃으며 말을 이었다.

"네가 이제부터 만날 사람… 척(斥) 노인은 낯을 가리는 성격이지. 아무쪼록."

그는 소하의 어깨를 두드리며 말했다.

"그와 대화를 해줬으면 좋겠구나."

"대화… 요?"

전혀 예상하지 못한 말이 나오자 소하는 그리 되물었다. 현 노인은 빙긋 웃음을 짓고 있는 채였다.

"그래. 말이 나온 김에 지금 인사하러 가는 게 좋겠구나. 벽곡단이 다 떨어져 갈 테니."

구 노인이 바구니를 가져오자 소하는 얼떨결에 그것을 받아 들었다.

방향을 알려준 현 노인은 소하가 저도 모르게 고개를 갸웃거리며 걸음을 옮기는 것을 흐뭇한 표정으로 바라보고 있었다.

"무슨 생각이냐. 현 가야."

마 노인의 물음에, 현 노인은 수염을 쓰다듬으며 허허 웃음을 토했다.

"자네가 나에게 먼저 말을 건 것이 언제부터라고 생각되나?"

"엉?"

마 노인이 끙 소리를 내자, 현 노인은 기분 좋게 답을 했다.

"구멍을 파기 시작한 때, 그리고… 소하 동자를 만난 이후부터였지. 소하 동자가 위험할까 싶어 나에게 계속 말을 걸었던 걸 기억하지 않는가?"

"…또 흰소리를 하네."

마 노인의 퉁명스런 어조에 현 노인은 맑게 웃은 뒤 말을 이었다.

"사람에게 천명(天命)이 주어진다고들 하지. 하지만 사람의 일, 인사(人事)에는 운명이 아닌 스스로 움직이려는 의지가 따라야 하는 법이지 않겠나."

"또 설법 나오신다."

마 노인의 중얼거림에도 현 노인은 표정의 변화를 보이지 않았다. 그저 그를 빤히 바라보고 있을 뿐이었다. 얼마 뒤, 그 시선을 이기지 못한 마 노인은 두 손을 들어 올리며 말했다.

"그래. 졌다, 졌어. 자네 말이 맞네."

"나는 그렇게 척 노인도 변할 수 있으면 좋겠다고 생각한다네."

"사람이 그렇게 쉽게 변하겠나."

마 노인의 말에 현 노인은 어두운 복도 속으로 사라지는 소하를 바라보며 중얼거렸다.

"누구나 계기가 필요한 법이지."

*　　　*　　　*

소하는 바구니를 든 채 천천히 앞으로 향하고 있었다.

'이거 뭔가… 속은 느낌이.'

하지만 현 노인의 말을 부정할 수도 없었다. 실제로 환열심환을 먹은 뒤부터 속이 뒤집어질 것만 같은 아픔이 시도 때도 없이 찾아오고 있던 터였다. 그러니 일단은 가야만 했다.

소하는 힘차게 발걸음을 옮기며 어두운 복도 안을 계속 걸었다.

'불도 없네.'

원래 현 노인이나 다른 노인들이 살고 있는 곳은 이런 식으로 넓은 공간과 이어진 복도 끝에 위치해 있다. 그러나 그들이 사는 곳은 이렇게 칠흑처럼 어둡지는 않았다.

바람이 불어온다.

'바람?'

소하는 문득 인상을 찌푸렸다. 분명 그 바람은 안쪽에서 불어오고 있었다. 꽉 막혀 어둠만이 가득한 곳인데, 어떻게 바람이 불어온단 말인가?

쇄아아아아아!

차갑다. 매서운 바람이 칼날처럼 소하의 몸을 스치고 있었다.

귓전에 울리는 소리마저도 음침했다.

"누구냐."

"읏!"

소하는 순간 몸을 우뚝 세웠다. 들려온 목소리는 소름이 돋을 정도로 서늘했던 것이다.

그 순간 바람은 마치 살아 있는 것처럼 소하의 몸을 어루만졌다. 몸을 감싸는 무형의 기운에 소하는 몸을 부르르 떨 뿐이었다.

"어린아이……?"

"저, 저기……."

그 물음에 소하는 겨우 입을 열었다.

"벽곡단이란 걸 가져왔는데요."

"놓고 꺼져라."

그의 목소리는 더없이 차디찼다. 소하는 인상을 찌푸리며 음소리를 내다 이윽고 답했다.

"저기… 다른 할아버지들이 할아버지께 인사를 드리고 오라 하시던데."

"할아버지?"

바람이 진동했다.

소하는 눈을 질끈 감으며 그 바람을 견뎠고, 곧 추상같은 호령이 뒤따랐다.

"감히 천하오절을 앞에 두고, 경박한 어투를 삼가라!"

소하는 속으로 비명을 질렀다. 안 되겠다. 바람이 거세질수록 다리가 달달 떨려오는 것을 느꼈던 것이다. 일단 할 말만 냉큼 해놓고 도망치는 게 낫겠단 결정을 내렸다.

"아니, 할아버지한테 할아버지라고 하지 그럼 뭐라 해요! 난 누군지도 모르는데!"

순간 공기가 더욱 세게 진동한다. 소하는 괜히 자극했다며 자신을 책망했지만 이미 꺼낸 말이니 전부 뱉어놓고 도망치기로 마음먹었다.

"내, 내공심법이란 걸 알려달라고 전해 달랬어요!"

"무어라?"

그 순간, 주변을 뒤덮던 묵직한 기운이 사라졌다. 몸을 돌려

줄행랑을 치려던 소하는 겨우 숨통이 트이는 것을 느꼈고, 푸하 하는 소리와 함께 휘청거리며 벽에 몸을 기댔다.

침묵이 감돌았다.

그리고 얼마 뒤, 어둠 속에서 날카로운 목소리가 들려왔다.

"이리로 와라."

소하는 침을 꿀꺽 삼켰다. 아까 전 느꼈던 묵직한 감촉, 그것은 분명 살기(殺氣)였다.

두렵다.

"어서!"

"네, 네!"

도망치자는 생각을 할 틈도 없이, 소하는 바구니를 든 채 얼른 그쪽으로 걸음을 옮겼다.

第七章 기억

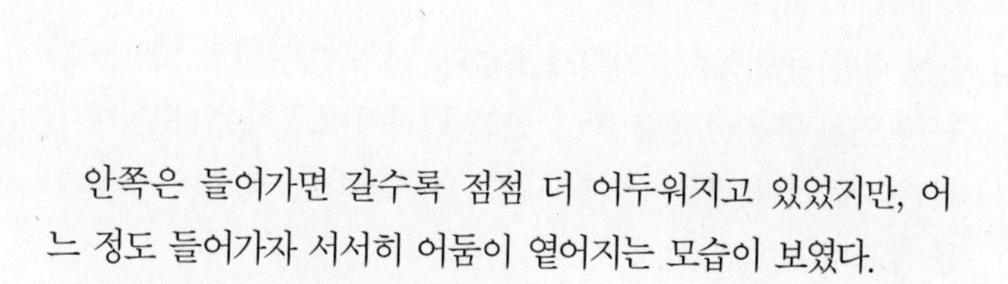

안쪽은 들어가면 갈수록 점점 더 어두워지고 있었지만, 어느 정도 들어가자 서서히 어둠이 옅어지는 모습이 보였다.

'너무 깊어서 그랬던 건가.'

확실히 이곳은 현 노인이나 마 노인이 사는 곳과 다르게 유독 깊이 위치하고 있었다. 척 노인이란 자의 성격 때문에 그런 것일까. 소하는 궁금했지만 일단은 앞으로 걸음을 옮겼다.

주변을 겨우 구분할 정도였던 길이 이제는 조금씩 밝아지고 있었다.

계속 걸어 사람의 모습이 어렴풋이 보이는 곳까지 도달했을 때, 이미 주변은 아침 안개가 낀 듯한 풍경이 되어 있었다. 서늘한 공기가 축축한 느낌을 줄 정도였다.

안쪽으로 더욱 들어가자, 정갈하게 닦인 돌들로 이루어진 방이 드러났다.

그 가운데에서 한 노인이 가부좌(跏趺坐)를 튼 채 눈을 감고 있는 모습이 보였다. 이자가 아마도 현 노인이 말했던 척 노인이겠지.

소하는 그리 생각하며 조심스레 바구니를 옆쪽에 놓았다.

"생각보다 더 어리군."

척 노인은 눈을 감은 채 그리 말했다. 소하는 찔끔할 수밖에 없었다. 눈을 감았는데도 자신이 보인다는 말일까?

"이리로 와라."

솔직한 마음으로는 가기가 싫었다. 척 노인은 다른 노인들과는 완연히 다른 인상을 하고 있었다. 마치 해골처럼 마른 데다 팔다리도 길어 인간이 아닌 다른 생물을 보는 것 같은 느낌이 들 정도였다.

소하가 다가가자 척 노인의 눈이 서서히 떠졌다. 옆으로 찢어진 눈매, 마치 맹금(猛禽) 같았다.

가만히 자신을 살피는 눈길에 소하는 조심스럽게 그의 앞에 무릎을 꿇고 앉았다.

"저기, 내공심법인가 그런 건 현 할아버지께서 말씀하신 거긴 한데… 저는 그냥 가도 괜찮아요."

여기서 도망치고 싶어 은근히 그리 말해보았지만, 척 노인은 여전히 뚱한 눈으로 소하를 바라보고 있었다. 그의 눈은 마치 먹이를 살피는 듯 소하의 온몸을 샅샅이 뜯어보고 있었다.

"팔을 내놔봐라."

"네?"

"팔! 두 번씩 말해 주어야 제대로 들리는 병에라도 걸린 게냐?"

소하는 세 번째 물어봤다간 저 길쭉한 팔로 자기를 때릴 것 같아 얼른 오른팔을 뻗었다.

그것을 부여잡은 척 노인은 마치 짐승처럼 이리저리 그것을 돌려가며 손가락으로 쿡쿡 찌르고 있었다. 진맥(診脈)을 모르는 소하로서는 대체 뭔 짓인가 싶은 기분이었다.

척 노인은 흠 소리를 내며 미간을 찌푸렸다.

"이거 이상한 놈이로군. 왜 경맥에는 힘이 넘치는데… 단전은 쓸모가 없어 뵈고."

"우악!"

거침없이 아랫배를 움켜쥐는 손. 아픔보다는 노인이 어떻게 앉은 상태에서 소하의 바로 앞까지 순식간에 도달했는가에 대해서 이해가 잘 되지 않았다. 무언가의 무공일까? 소하는 그 모습에 더 얼어붙어 딱딱하게 굳을 수밖에 없었다.

"아니, 아예 닦이지 않았어… 천골(天骨)인가? 아니야. 그 정도는 아닌데… 흠."

소하는 이제 그냥 마음속으로 어서 무사히 돌아가고 싶다는 생각만 할 뿐이었다.

척 노인은 소하의 오른 손목을 잡은 채 팔꿈치까지를 손가락으로 콕콕 눌러보았다. 소하의 몸에 흐르는 경맥에서 알 수 없는 기운이 폭풍처럼 흘러넘치는 것을 느낀 탓이었다.

"꼬마."

"네!"

소하가 냉큼 답하자 척 노인은 눈을 번득이며 물었다.

"뭘 처먹었냐."

'여기 할아버지들은 다 말투가 괴팍하네. 현 할아버지 빼고.'

소하는 그리 생각하며 내심 생각했던 천하오절에 대한 상상들이 다 깨어져 나가는 것을 느꼈다. 분명 운현이 말했던 천하오절은 무림을 종횡하며 멋진 협행을 해나가는 멋진 무림인들이었건만.

속으로 한숨을 푹푹 내쉰 소하는 부리부리한 척 노인의 눈을 보곤 냉큼 대답했다.

"환열심환이라는 건데……."

"뭐라!"

"우아악!"

소하는 순간 척 노인이 손목을 거칠게 부여잡는 것에 비명을 질렀다.

"환열심환."

그는 이윽고 마치 실성한 것처럼 소하의 몸을 살피기 시작했다. 기어코 웃옷까지 벗겨낸 척 노인은 소하를 돌려놓고는 그의 등을 마구 찌르기 시작했다.

'으, 마 할아버지가 한 거랑 똑같네!'

또다시 칼날로 쑤시는 듯한 아픔이 느껴지고 있었다.

"추궁과혈은 해뒀군. 하긴, 안 그랬으면 속이 다 녹아서 지금쯤 시체가 되어 있었겠지."

소하는 그가 중얼중얼대는 말을 듣고, 마 노인이 했던 행동들이 자신을 살려줬다는 걸 그제야 제대로 이해할 수 있었다.

"왜 바깥짝 노인들이 그걸 안 먹어치우고 네가 먹은 거지?"

"우리라고 안 먹고 싶었을 것 같아?"

그것에 척 노인의 눈이 들려 올라갔다.

소하와 척 노인이 모르는 새에, 복도에서 세 명의 노인이 걸어 나오는 모습이 보였다.

"어지간히 흥미가 있었던 모양이군. 평소라면 우리를 알아챘을 텐데."

"내게 다가오면 죽인다고 했다."

척 노인이 으르렁거리면서 중얼거리자 마 노인은 허어 하고 혀를 찼다.

"꼭 넷이 갇힌 상황에서 그딴 협박을 해야겠냐."

"자자, 일단은 진정하세."

"진정! 진정!"

소하는 어느 쪽 편을 들어야 하나 눈치를 보며 슬그머니 물러서려 했지만, 이내 척 노인이 소하의 어깨를 붙잡아 다시 앉히는 것에 찔끔할 수밖에 없었다.

"소하 동자의 상태는 이제 자네도 알고 있겠지?"

"천하제일의 영약을 거름으로 준 거로군. 어리석어."

현 노인은 척 노인의 불퉁스런 목소리에도 웃으며 답했다.

"그걸 부탁하러 온 거라네."

곧 현 노인은 천천히 바닥에 앉으며 이야기를 계속했다.

"이대로라면 소하 동자의 몸이 위험하다네. 그래서 자네의… 천양진기(天壤眞氣)를 알려 달라 부탁하기 위해 이리로 온 것이고."

그 순간 척 노인의 눈이 일그러졌다.

"지금 뭐라고 지껄인 거지? 내 무공을 이 천둥벌거숭이 같은 꼬마에게 넘기라고?"

"제가 왜 벌거숭이… 아얏!"

소하가 대답하자 척 노인은 강하게 소하의 등을 찔러 말을 멈추게 하고는 입을 열었다.

"그 고상하신 백로검도 세월이 지나면 정신이 이상해지는 모양이로군. 네 무공은 어디다가 내버리고 나한테 부탁하지?"

"내가 가진 무상기(無常氣)는 극양의 성질인 환열심환에 어울리지 않는다네. 마 노인이나 구 노인이 익힌 내공심법도 그렇고. 자네가 가장 제격이란 소리야."

코웃음을 치며 고개를 돌리는 마 노인의 모습.

척 노인은 그들을 빤히 바라보다 이윽고 입을 열었다.

"그래서 내가 얻는 게 뭐지?"

"자네가 무림 최고의 내가기공을 가졌다는 건 누구나가 아는 사실일세. 다만… 그 기반이 조금 부족했을 뿐이지."

"시천마 놈에게 이기지도 못한 반편이에게 과분한 말이군."

척 노인이 냉큼 대답했다.

소하는 그의 손이 부르르 떨리는 것을 느꼈다. 스스로 시천마에게 진 것을 인정하자 분이 끓어오른 것이다.

"그러나 지금 자네의 앞에는 천혜의 소질(素質)이 있네."

현 노인의 눈은 여전히 짙은 현기(賢氣)를 담고 있었다.

"이제 그만 자신을 놓아줄 때도 되지 않았는가. 만박자(萬博者)."

천하오절의 일인, 만박자 척위현(斥威泫)은 인상을 잔뜩 찡그렸다.

"그 무명으로 날 부르지 마라."

"자네가 스스로를 미워해 우리와 떨어져 시간을 보냈다는 것은 알고 있네. 하지만… 지금 자네의 도움이 필요해."

"혀, 현 영감아!"

마 노인이 다급히 소리를 쳤다.

현 노인은 허리를 굽혀 땅에 이마를 붙였던 것이다. 간곡히 절을 하며 그는 말을 덧붙였다.

"소하 동자를 살려주게나."

소하는 눈을 동그랗게 뜰 수밖에 없었다.

이들이 천하오절, 무림 제일의 이름을 가졌던 이들이라는 것을 이미 들은 바였다.

그런데 그런 천하오절이 자신을 구하기 위해 다른 이에게 고개를 숙이고 있었다.

"…미친 놈."

척 노인도 놀랐는지 그런 말을 중얼거리고 있었다.

소하는 자신을 붙잡은 손이 떨어지는 것을 느꼈다.

"시간이 지나니 다들 미쳐가는군."

척 노인은 그리 투덜대더니만, 이내 고개를 들어 마 노인과 구 노인을 바라보았다.

"지금 내가 여기서 더 지껄이고 조롱해 봤자 내가 무례해질 뿐인가."

"알았으면 나가자."

마 노인의 답에 척 노인은 마르고 주름진 뺨에 웃음을 지었다.

"염병할 놈들. 셋이 우르르 몰려와서 끌고 가려 하다니. 꼬마!"

"네!"

소하가 바로 답하자 척 노인은 길쭉한 팔을 땅에 대고 자리에서 일어섰다. 일어서니 비쩍 마른 꼴이 더욱 기괴하게 느껴질 정도였다.

"바구니 들고 나와라. 나가서 하는 게 더 편하니까. 백로검도 그만 고개를 들지."

"고맙네."

현 노인이 웃으며 고개를 들자, 척 노인은 뒷머리를 벅벅 긁으며 중얼거렸다.

"이래서 난 정파 놈들이 싫어. 으휴."

"그건 동감하지."

마 노인이 말하자 척 노인은 비릿하게 웃고는 소하의 등을 철썩 내려쳤다.

"너도 빨리 움직여!"

"아얏!"

소하가 어쩔 줄 몰라 하며 빠르게 밖으로 나가자, 척 노인은 눈을 세 명에게로 돌렸다.

"대신 조건이 있다."

"조건?"

구 노인이 순진하게 되묻는 것에, 척 노인의 입가에 웃음이 내걸렸다. 무언가 생각이 있는 듯한 저 웃음, 마 노인은 인상을 찌푸렸다.

'옛 명성이 어딜 가진 않는구먼.'

진법(陳法)과 내공심법의 달인이자, 각종 책략으로 많은 무림인을 괴롭혔던 자가 바로 만박자 척위현이다. 워낙 괴팍한 성정을 가지고 있기에 이곳에 있는 다른 세 노인도 섣불리 그와 접촉하지 않았던 것이다.

척 노인은 비릿하게 웃으며 입을 열었다.

"나만 재미를 볼 수는 없는 일이지."

* * *

소하는 밖으로 나서며 한숨을 내뱉었다.

답답했던 공기가 가시고 시원한 바람이 다시 불기 시작한 것이다.

'아직도 등이 얼얼해.'

소하는 인상을 찌푸리다 이윽고 조용히 눈을 돌렸다.

안쪽에서는 네 노인이 서로 투닥거리면서 밖으로 나오고 있었다.

혼자 유독 키가 큰 척 노인은, 해골 같은 얼굴을 들어 눈을 번득였다.

"거기 앉아라."

냉큼 소하가 주저앉자 척 노인은 뿌드득 소리가 일 정도로 목을 비틀며 휘적휘적 소하가 있는 쪽으로 걸어왔다.

"우리는 자리를 비켜줄까?"

"그럴 필요야 없지. 어차피 내공도 다 잃었는데."

척 노인의 목소리에 다들 고개를 끄덕이며 소하의 앞에 주저앉았다. 척 노인은 큼큼 소리를 내다 이윽고 여전히 음산한 목소리로 소하에게 말했다.

"이들이 누구인지는 들었을 것이라 생각한다."

"네… 천하오절 분들이시죠."

소하의 답에 척 노인은 고개를 끄덕이며 말을 이었다.

"나는 만박자라 불리던, 천하오절의 일인(一人)이다. 유소하라고 했나?"

"네."

그 말에 척 노인은 광대뼈가 불룩 튀어나온 것을 손으로 긁었다.

"네가 배울 건 내가 익힌 내공심법인 천양진기라는 것이다.

익히기나 할 수 있을지 모르겠지만."

소하는 눈을 껌벅껌벅 떠 보일 뿐이었다. 그런 말을 해도 무공에 대해 아예 문외한인 소하가 뭘 알 수 있을 리 만무했다.

그 순진한 모습에 척 노인은 깊게 한숨을 내뱉었다.

"평생 제자하고 싶다고 오는 놈들을 다 걷어차 내쫓던 내가, 어쩌다 이렇게 됐지."

"다들 같겠지, 제자가 없는 건."

킥킥거리는 현 노인의 목소리. 그것에 마 노인과 구 노인도 고개를 끄덕여 보일 뿐이었다. 이들은 모두 자신의 무공에 열중하느라 제자를 기를 생각조차 하지 않았던 것이다.

"후. 뭐 일단 가부좌를 틀고 앉아라. 보나마나 넌 모르겠지. 이렇게 하는 거다."

소하는 척 노인의 자세를 따라 엉거주춤 가부좌를 취했지만, 이내 다리가 꼬여서 이리저리 오뚜기처럼 흔들거릴 뿐이었다.

"아하하하!"

웃음을 터뜨린 구노인의 모습에 소하는 얼굴이 빨갛게 된 채로 힘을 다해 겨우 몸을 멈추는 데 성공했다.

"일단 기본을 설명해야겠지. 네놈의 몸에는 지금 네가 평생을 써도 다 쓸 수 없는 기운이 잠들어 있다. 그게 환열심환에서 나온 거라는 건 알겠지?"

"네."

"그래서 백로검이 네가 위험하다고 말한 것이다. 작은 그릇에 물을 들이부으면 넘쳐 버리듯, 네 육신이 견디지를 못하기 때문이지."

"그럼… 그냥 물이 넘치는 걸로 끝 아닌가요?"

소하의 물음에 척 노인은 고개를 저었다.

"물이 넘치면 그릇이 놓여 있는 장소는 아무렇지도 않느냐? 온통 젖고 물러지겠지."

육체 역시 그러하단 말이다. 소하는 그것에 내심 소름이 돋음을 느꼈다. 영약이라 해서 무조건 좋은 것만은 아닌 모양이었다.

소하의 그 표정이 만족스럽다는 듯 척 노인은 비릿하게 웃었다.

"그냥 죽는 것도 아니다. 극양의 기운이 체내에서 터져 나오면 극독(劇毒)이 따로 없지. 내장은 다 녹아버리고, 눈알이 끓어서 터지기도 한다."

"으엑……."

인상을 가득 찡그리며 눈두덩이를 부여잡는 소하의 모습.

척 노인은 겁을 먹는 소하의 모습이 제법 즐거운 지 여전히 기분 좋은 기색으로 말을 이었다.

"그러니 저들이 네게 내공심법을 권한 것이다. 그릇을 넓히고, 내공이란 힘을 다루는 법을 안다면 그런 일을 막을 수 있기 때문이지."

"그런데… 내공이란 건 대체 뭔가요?"

소하는 그것에 대해서 잘 알지 못했다. 애초에 바깥으로 나가 돌아다니고, 친구들과 뛰어 놀던 어린아이에게 무공이란 너무나 먼 존재였던 것이다.

"신비한 힘. 우리 체내에 잠자고 있는 진기(眞氣)라고 해야겠지."

척 노인은 손을 들어 올렸다. 그것에 다른 노인들의 눈이 동그랗게 떠졌고, 마 노인은 당황해 입까지 벌렸다.

"설마!"

그 순간 웅웅거리는 소리가 일었다. 일순간 소하는 자신의 귀가 이상해진 것이 아닌가 의심마저 들 정도였다. 그리고 얼마 뒤, 척 노인의 손에서는 노란 기운이 희미하게 감돌고 있었다.

"나는 시천마에게 패한 뒤 단전을 잃었다. 그래서 본래 가진 내공의 일 할도 모을 수 없지만……."

척 노인의 손가락이 앞으로 향했다. 소하는 순간, 노란 기운이 빛이 되어 뿜어져 나가는 것을 보았다.

굉음이 울렸다.

폭발하는 소리. 소하는 당황해 그 노란 광선(光線)이 뻗어나간 자취를 돌아보았다.

벽에는 구멍이 생겨나 있었다. 치이익 하며 열기가 달아오르는 모습. 얼떨떨한 소하의 시선에 척 노인은 무표정하게 말을 이었다.

"응용하면 효율적으로 사람을 죽일 수 있지."

"선양지(璿暘指)… 여전하군."

현 노인의 목소리에 척 노인은 혀를 찼다.

"이전이었으면 저 벽의 반은 사라졌을 거다."

다들 동의하는 모습이었다. 그것에 소하는 더욱 얼이 빠진 표정을 지을 수밖에 없었다.

지금 척 노인이 공격한 벽은, 높이가 까마득해 고개를 올려도 끝이 제대로 보이지 않을 정도였기 때문이었다.

"거짓말 같겠지만, 내공을 가진 자들 중 절정에 달한 자들에게는 가능한 일이지. 산을 부수고 바다를 가를 수도 있다."

"정말요?"

소하의 눈을 보며 척 노인은 내심 웃었다. 이 정도를 보여줬으니, 꼬마아이인 소하는 넙죽 무공을 가르쳐 달라며 애걸복걸할 것이라 생각했던 것이다.

'어차피 어린아이다. 화려한 것에 매혹되는 법이지.'

그러나 뭔가 이상했다.

소하의 눈은 떨리고 있었다.

명백한 두려움을 안고 있는 눈. 현 노인과 마 노인 역시 소하의 감정을 느끼고는 굳은 표정을 짓고 있었다.

척 노인이 인상을 찌푸리자 소하는 꾹 입을 다문 채로 고개를 숙일 뿐이었다.

어쩌겠냐는 식으로 뒤쪽의 노인들을 돌아봤지만, 다들 어서 진행하라며 손사래를 칠뿐이었다.

"…뭐, 아무래도 좋다. 일단은 기본적인 호흡법과 내공을 느낄 수 있는 운기(運氣)법을 알려주지."

*　　　　*　　　　*

시간은 꽤나 빠르게 지났다. 소하는 척 노인의 말을 잘 들어가며 운기조식(運氣調息)을 배웠고, 그것을 익힌 뒤에는 또다시 마보를 취한 채로 팔을 빙글빙글 돌려야만 했다.

평소에는 이런 일과를 끝내면 죽은 듯 잠들어야 마땅했다.

하지만 소하는 잠이 오지 않았다. 부스스 상체를 일으키자, 어둠에 감싸인 혈천옥의 모습이 보였다.

이곳은 특이하게도 어디선가 빛이 들어오고 있었는지, 밤이 되면 새까맣게 어두워지곤 했다.

그래도 한 장소는 어둑하지만 달빛이 들어온다.

소하는 흰 달빛이 미친 곳으로 가 그곳에 주저앉았다. 쏴아아 소리와 함께 지하수가 옆쪽에 흐르고 있었다.

"잠이 오지 않느냐?"

그 목소리에 소하는 눈을 돌렸다. 그곳에는 현 노인이 서 있었다.

달빛을 받은 그는 마치 이야기 속에 나오는 신선처럼 신비한 모습을 하고 있었다.

그가 옆에 앉자, 소하는 묵묵히 고개를 숙일 뿐이었다.

"무공을 배우는 게 마음에 들지 않던 모양이구나."

아무리 속으로 감정을 감추려고 해도 소하는 아직 어린아이다. 연륜이 있는 현 노인의 눈을 피할 수는 없었다.

"죄송해요."

자신이 열심히 하지 않았던 것으로 비칠까 두려웠다. 소하의 그 목소리에 현 노인은 가볍게 웃음을 토했다.

"허허, 질책하려 한 것이 아니란다. 다만… 네 마음 속 깊은 곳에 자리 잡은 두려움에 대해 이야기하고 싶었을 뿐이지."

현 노인의 어깨가 느껴진다. 숨소리. 바로 곁에 사람이 있다는 감촉에 소하는 저도 모르게 한숨이 뱉어져 나올 뻔했다.

영보와 함께 지내던 시절, 형과 함께 지내던 시절들이 떠올랐던 것이다.

"소하 동자는 형을 무척 좋아하는 것 같더구나."

이전 구멍을 통해 이야기할 때도, 소하는 형의 이야기를 자주 꺼냈다. 이 어린아이가 어떻게 철옥에서 꿋꿋이 버텨 나갔는지에 대해서 얼추 짐작할 수 있을 정도였다.

운현은 집안의 자랑이었다. 아니, 소하의 자랑이었다.

"형이 보고 싶느냐?"

소하는 침묵하고 있을 뿐이었다.

"무공을 배우면."

현 노인은 조용히 소하의 말을 기다렸다. 이 아이가 지금 흉금(胸襟)을 털어놓으려 한다는 걸 느꼈기 때문이었다.

"사람을 쉽게 죽이게 되나요?"

"힘에 취하면 그렇게 되는 법이지."

현 노인은 고개를 들어 올렸다. 혈천옥의 천장은 끝이 어딘지 알 수 없을 정도로 드높았다.

"분수에 맞지 않는 칼을 들고, 강함과 폭력(暴力)을 착각하는 이들이 많단다."

"할아버지는요?"

현 노인의 눈이 슬쩍 소하에게로 돌아갔다. 소하는 마치 당장에라도 울 것만 같은 표정을 짓고 있었다.

"내 손에도 제법 많은 피가 묻어 있지. 많은 자를 베고, 또 곁에서 죽어가는 자들을 지켜보면서 살아온 나날들이었단다."

현 노인의 얼굴에는 과거를 헤매는 수심(愁心)이 비쳐 보였다.

"하지만 하나만은 확실했지."

소하의 눈은 어느새 현 노인을 향해 있었다.

"당시 나와 내 지기(知己)들은 모두 한 가지를 위해 살아갔었단다."

"어떤… 걸요?"

"협(俠)."

수염을 쓰다듬으며 현 노인은 허허 웃음을 지었다.

"옳은 것을 옳다고 말하며, 그른 것에 고개를 저을 수 있는 마음이었지."

백로검은 천하오절의 일인으로, 정파와 사파의 분쟁을 잠재운 인물이었다. 그는 수없는 죽음 속에서 사람들을 이끌어 세우고 통합을 추구했다.

그리하여 백로검과 다른 고수들의 힘을 통해 이뤄진 것이 무림맹(武林盟). 시천월교에게 굴복하기 전까지 전 무림에는 일

순간 평화가 찾아왔었다.

"무공은 도구에 불과하단다. 휘두르는 자의 마음… 그리고 그자가 싸우는 이유가 무엇인지에 따라 바뀌는 것이지."

"싸우는 이유……."

소하는 멍하니 그것을 중얼거렸다.

"무공이 두렵다면, 내공심법 이외에는 네게 아무것도 가르치지 않으마. 매일매일 운기조식을 진행한다면 환열심환의 기운을 통해 건강한 몸을 얻게 될 게다."

그래도 상관없다며 현 노인은 웃었다.

"척 노인이 성을 잘 내긴 하지만, 근본은 선한 이란다. 그를 포함해 이곳에 갇힌 모두가… 무림에 의해 상처를 지닌 이들일 뿐이지."

상처? 소하의 눈은 현 노인을 향했다. 하나 쉽사리 물을 수는 없었다. 그것이 실례가 될 것이라는 사실을 알기 때문이었다.

현 노인도 그러했을까?

마치 마음을 읽기라도 한 듯, 현 노인은 너털웃음을 지으며 소하의 머리를 쓰다듬었다.

"나에게도 마찬가지란다. 모두가 그런 법이지. 살아가다 보면 상처를 입고, 그 아픔을 품은 채로 나아가게 되는 법. 그것이 인생(人生)이고, 그것이 천명(天命)."

허공을 올려다보며 현 노인은 조용히 중얼거렸다.

"자신을 부끄러워하지 말거라."

그 말.

소하는 욱신거리는 가슴의 통증에 인상을 쓸 수밖에 없었다. 현 노인의 말은 말하지 않은 감정들을 헤집고 있었다.

결국 신음이 새어 나갔고 현 노인은 고개를 돌려 소하의 등을 두드려 주었다. 윽 하는 소리와 함께 참고 참으려 했던 울음이 흘러나오고 있었다.

"전, 살아 있으면… 안 돼요."

"어째서 그러느냐?"

현 노인의 물음. 그의 눈은 마치 따스한 바람처럼 소하를 휘감고 있었다.

"형, 형은……."

"월교에게 거역하는 자, 피를 보리니!"

아직도 기억한다.

소하는 붉은 피로 가득한 시야를 떠올리고 있었다.

아버지를 베려는 자에게 무작정 달려들었던 소하는 자신에게 칼을 휘두르는 월교의 무인을 보았다.

어린 소하에게 있어 아무리 궤적이 보인다고 해도 피하기란 쉽지 않은 일이었다.

그 순간 소하는 자신을 감싸는 양팔을 보았다.

단단한 팔.

언제나 무공을 단련했던, 그래서 무림에 나가 분가에 불과하다며 차별받는 자신의 가족들을 당당하게 만들겠다며 선선히 웃던 그였다.

소하는 운현이 자신을 대신해 베이는 것을 바라볼 수밖에 없었다.

그는 입에서 피를 흘리며 소하에게 말했다.

"네게 너무나 무거운 것을 지게 해버렸구나."

철옥에 온 뒤부터 인정하지 않으려 했던 일.

오로지 꿈이라며 자신을 속이고 또 속여 왔던 일을 입 밖으로 털어놓자 소하는 가슴 깊숙한 곳에서 역겨운 감정들이 튀어나올 것만 같았다.

자신이 너무나도 미웠다.

"저 때문에 죽었어요."

침묵이 어렸다.

말을 꺼낸 순간 소하는 고개를 푹 숙인 채로 몸을 떨고 있을 뿐이었다. 마치 자신이 돌이킬 수 없는 죄를 지은 양, 뱉어버린 말의 무게를 견딜 수 없다는 듯이 말이다.

현 노인은 그런 소하를 가만히 바라보고 있었다.

"저… 때문에."

운현은 가족의 자랑이었다.

아버지는 운현이 있기에 자신도 가슴을 펴고 본가 사람들을 대할 수 있다며 웃었었다. 어머니 역시 마찬가지였다. 기풍(氣

風)이 바르고 호협한 성정. 그리고 유가장에서 제일가는 기재(奇才)라 칭송받았었다.

소하에게 있어도 운현은 최고의 형이었다. 다른 아이들에게 달려가 냉큼 형의 멋진 모습들을 자랑할 정도로 말이다.

그런 형의 핏물은 뜨겁고, 새빨갰다.

아직도 머릿속에서 지워지지가 않았다. 베인 채로 쓰러지는 형의 모습. 소하는 형을 다급히 받아 들었지만 그는 힘없는 숨만을 내쉴 뿐이었다.

그리고 소하의 귀에 대고 말했다.

미안하다는 말.

무엇이?

소하는 물을 수 없었다.

자신이 지금 무슨 일을 저질렀는지에 대해서, 그리고 지금 안고 있는 형의 이 자그마한 심장의 고동 소리가 서서히 꺼져가고 있다는 사실을 알아버렸기 때문이었다.

그리고 마침내 운현의 숨이 멎는 순간, 소하는 피범벅이 된 손으로 형을 애타게 껴안았다. 마치 그러면 다시 숨이 돌아오기라도 할 듯 말이다.

그러나 아무것도 없다.

죽음은 허무했다.

형의 온기는 서서히 어딘가로 사라져 버리고 있을 뿐이었다.

"너를 지키기 위해서였구나."

현 노인의 목소리에 소하는 움찔 몸을 떨었다. 자신이 나서겠다고 말했다. 비명을 지르는 어머니를 돌아보지도 못했다.

그들의 눈을 보면 운현을 죽게 한 자신에 대한 책망을 발견할까 두려워서였다.

철옥에 갇혔을 때 소하는 빨리 죽기만을 원했다. 스스로 자해할 용기도 없는 자신이 괴로운 철옥 속에서 비참하게 죽어야만 한다 여겼던 것이다.

"전… 죽지도 못했어요."

소하는 울먹거리며 중얼거렸다.

죽어야만 했다. 형에게 짐만 되었고 결국 무림에 나가 멋진 삶을 보냈어야만 하는 형의 인생을 송두리째 빼앗아 버렸다.

"어째서였느냐?"

현 노인은 여전히 묵묵하게 소하에게 그리 묻고 있었다.

"겁쟁이… 라서요."

"너는 혈각호와 대치했었지."

현 노인의 손이 부드럽게 소하의 어깨를 쓰다듬었다. 이상했다. 현 노인의 손이 이렇게 다가올 때면, 마치 깃털이 가득 찬 푹신푹신한 이불 안에 감겨든 것만 같이 포근했던 것이다.

"언제라도 죽을 수 있었다."

마 노인은 혈각호에게서 살아남아, 혁월련에게 보복할 방법을 묻는 소하에게 말했었다.

살아남을 각오를 하라고 말이다.

"하지만 넌 이곳에 우리와 함께 있단다."

소하의 눈이 부르르 떨렸다.

왜 죽지 않고 도망쳤냐는 뜻일까? 아니다. 소하는 현 노인의 진지한 눈을 보며 그것을 느낄 수 있었다.

"네게는 무엇이 남았느냐?"

눈에 눈물이 가득 고인 소하는 자신을 뚫어지게 바라보는 현 노인을 멍하니 바라볼 수밖에 없었다.

"형을 잃었다. 그리고 지인(知人)은 아무도 없는 시천월교의 감옥에 갇히게 되었지. 보이는 것은 어둠뿐."

그랬다. 절망만이 가득한 곳. 그곳이 바로 철옥이었다.

"하지만 그런 곳에서도 네게 다가오는 이들이 있었지."

영보와 독우, 그 밖의 여러 수인의 모습이 떠올랐다.

"영보란 자 역시 너를 위해 자신의 목숨을 내놓았다."

마지막으로 사라지던 그의 모습.

소하는 아직까지도 영보의 목소리가 귓가를 떠도는 것만 같았다.

"소하 동자야."

현 노인의 몸에서는 신비한 기운이 떠돌고 있었다.

"너는 살아남으려 했다. 혈각호를 무찌르고, 너보다 훨씬 강한 힘을 가지고 있는 시천월교의 소교주를 상대로 말이다."

무엇을 말하고자 하는 것일까. 소하는 입을 벌린 채로 현 노인의 표정을 바라볼 수밖에 없었다.

"네가 진정 겁쟁이라고 생각하느냐?"

현 노인의 목소리가 가슴을 울리게 만들고 있었다.

"지금 네게 남아 있는 마음은 어떤 것이지?"

"제… 마음……."

소하는 조용히 가슴을 짚어보았다. 아프다. 그들의 생각을 할 때마다 가슴이 욱신거리며 아파왔다. 이 아픔은 얻어맞을 때보다도, 돌에 부딪쳐 나뒹굴 때보다도 훨씬 아팠다.

"살아야… 했어요."

침묵 속에 나온 대답이었다.

그랬다.

소하는 살아야만 했다.

죽어버리면, 쉽게 죽어버리면 운현과 영보가 살려준 이 목숨이 허무해져 버린다.

그들이 자신을 살려준 이유가 사라져 버리게 된다.

그렇기에 두려움을 무릅쓰고 혈각호와 싸웠다. 혁월련에게 덤벼들었다.

괴롭고 아파도 이를 악물 수밖에 없었던 것이다.

소하의 말에 현 노인은 고개를 끄덕였다.

"바로 그것이란다. 세상에 죽어야 하는 자는 없다. 마음이 이끄는 대로 행동할 뿐이지."

현 노인은 손을 떼며 소하의 머리를 가만히 쓰다듬어 주었다.

"왜."

소하의 입에서 젖은 목소리가 흘러나왔다.

"왜 아까… 저를 위해 그런 행동까지 하신 거죠?"

소하는 이해할 수 없었다. 천하오절, 무림에 이름 높은 자가 타인에게 그리 쉽게 고개를 숙인다니 말이다.

"그런 건 수백 번이라도 할 수 있단다. 진정 소중한 것이 무엇인지 알기 때문이지."

소중한 것. 소하는 입술을 빼끔댔다. 그것을 묻고 싶었다. 하지만 죄책감이 깊숙하게 자신을 얽맬 뿐이었다.

"무공을 가진 자는 사람을 쉽게 죽일 수 있다. 칼을 들면 힘에 취해 어린아이처럼 변해 버리는 이들이 많지."

그렇다. 사람을 죽이는 데에 거리낌이 없어지는 순간, 무공은 단순한 폭력으로 변한다.

"생각이 짧고 가르침이 모자란 이들은 때때로 그것이 자신에게 주어진 진짜 힘이라고 믿고 무공을 맹신(盲信)하지."

그렇다. 힘에 취한 이들은 그것이 자신의 것이라 착각한다. 그렇기에 사람을 아무렇지도 않게 죽이며 생명을 경시하게 된다. 그러나 그것이 정말로 강한 것일까? 소하는 무공이, 무림이란 곳이 오로지 그런 자들만이 모인 장소라고 생각했었다.

"진정으로 소중한 것은 네 형과 그 영보라는 자가 보여준 마음."

자신을 애처롭게 바라보는 소하의 모습에 현 노인은 그의 눈을 마주 보며 다정히 말을 이었다.

"사람을 구하려는 그 마음이란다."

구하려는 마음.

운현의 모습이 떠올랐다.

영보의 목소리가 떠올랐다.

“네게는 그 마음이 남아 있지.”

소하는 조용히 자신의 가슴을 문질러 보았다. 아픔. 이 살점과 뼈 밑에 묻혀 있는 마음이란 것은, 그들을 떠올릴 때마다 칼에 찔리는 듯한 아픔을 전해주고 있었다.

“그것이야말로 고귀할뿐더러 앞으로 네가 나아갈 길을 안내하는 이정표가 될 것이야.”

현 노인은 그리 말하며 고개를 들어 올렸다.

“그렇기에 나는 네게 무공을 알려주고 싶단다. 아마… 저기서 우리 이야기를 몰래 훔쳐듣고 있는 세 노인 모두 마찬가지일 테고.”

셋?

소하의 눈이 돌아가자 곧 옆에서 움찔거리는 모습이 보인다. 어둠 속에 절묘하게 숨어 있던 세 노인은 옆으로 걸어 나오며 모습을 드러내고 있었다.

“구 가 놈이 너무 소리를 냈어.”

척 노인이 투덜거리자 마 노인도 격하게 동의했다.

“그래. 하여간 저 영감은 숨는 법을 좀 익혀야 돼.”

“나 열심히 숨었어!”

구 노인이 으 소리를 내며 항변했지만, 이미 엎질러진 물이었다.

“다들 잠귀가 밝으신 겐가. 아니면… 소하 동자가 걱정되어 잠을 이루지 못하신 겐가?”

“심술궂게 굴지 마라. 현 영감아.”

마 노인이 퉁명스레 그리 말하자 현 노인은 후후 웃음을 흘려 보일 뿐이었다.

"꼬마."

"소하예요."

대뜸 날아오는 답에 구 노인이 푸훗 하고 웃음을 터뜨리는 모습이 보였다. 마 노인은 으득 이를 악물다 이윽고 힘겹게 목소리를 꺼냈다.

"그래. 소하 꼬마야. 너… 으휴. 으아. 너 진짜 상황을 잘 모르는 것 같은데. 내가 옛날에 무공을 가르쳐 준다고 했잖아? 그럼 구름이 몰려, 먼지구름. 엉? 전 무림의 애송이들이 발이 보이지 않을 정도로 급하게 뛰어온다고."

"허장성세(虛張聲勢)를 배우기 위해서라면 그럴 만도 하군. 허풍이 일품이야."

척 노인의 비웃음 어린 목소리에 마 노인은 으르렁 이를 내보였다.

"네놈보단 내가 인기가 많겠지!"

"허어? 내가 진법 강의를 할 적에 얼마나 많은 잡초 놈이 몰렸는지 모르는군."

"잡초?"

구 노인이 끼어들어 묻자 척 노인은 콧방귀를 뀌며 대답했다.

"될성부른 떡잎이 하나도 없는 잡초 놈들이었지."

"……."

소하는 침묵한 채 입을 쩍 벌리고 있을 뿐이었다.

어느새 자기들끼리 왕년에 얼마나 유명했는지에 대해 다투기 시작할 쯤이 되자, 현 노인은 손뼉을 치며 모두의 주의를 환기시켰다.

"자아, 자아. 진정들 하시게. 일단 해야 할 말이 있지 않으신건가?"

어서 해보라는 듯 씩 웃음을 짓는 현 노인의 모습에 서로 눈짓을 하던 중 마 노인이 뒷머리를 벅벅 긁으며 나섰다.

"그래, 이 망할 꼬마야. 아무튼 무공을 배워보는 건 어떠냐?"

소하가 무공을 꺼려하던 모습. 그리고 영보를 위해 죽음마저도 무릅쓰고 덤벼들던 모습에는 마 노인도 내심 감탄하고 있던 차였다.

만약 소하가 자신을 괴롭히던 이들, 혹은 자신을 방해하는 이들을 모조리 때려눕히기 위해 무공을 배운다 했다면 마 노인은 아마 거절했을 것이다.

"너의 그… 마음가짐은 괜찮다는 생각이 든다."

그런 자들은 이전에도 숱하게 엉덩이를 걷어차 내쫓았었으니 말이다.

"굉천도법(轟天刀法)을 배우면 무림에 있는 대부분의 잡놈은 내려다볼 수 있을 거다."

"천영군림보(千影君臨步)!"

구 노인이 끼어드는 것에 마 노인은 못마땅한 표정을 지었지만, 이내 구 노인이 열성을 다해 말하는 것에 한 걸음 뒤로 빠졌다.

"뛰는 거 빨라져! 나랑 같이 여기서 놀자!"

"…여전히 얼빠진 소리를 해대는군."

"허허허."

뒤에서 척 노인까지 참여하는 것에 현 노인은 만족스런 웃음을 지어 보일 뿐이었다.

"뭐, 정하는 건 네놈이니. 어떠냐?"

마 노인의 물음에 소하는 당황했지만, 이내 표정을 다시 어둡게 하며 고개를 숙였다. 자신이 이런 식으로 호의를 받아도 되는가에 대해 의문이 일었던 것이다.

그것에 답답함이 인 마 노인은 가슴을 쿵 두드리며 말했다.

"하여간 이래서 콩나물 같은 놈들은! 일단 힘을 가져라. 그래야 앞을 가로막는 개 같은 놈들의 대가리를 다 날려 버리던가 할 거 아니냐!"

"음… 조금 말이 심하지 않나."

현 노인의 말에 마 노인은 끙 하고 인상을 쓸 뿐이었다.

소하는 거칠지만, 지금 마 노인이 자신을 위로하려 한다는 건 충분히 알 수 있었다. 견딜 수 없다는 듯 부끄러워 입술을 삐죽이는 모습만 봐도 말이다.

"부끄러워한다!"

"다, 닥치지 못해!"

"배울게요."

구 노인과 마 노인이 동시에 고개를 돌렸다.

소하는 그들을 바라보았다. 그는 오히려 고개를 숙여 엎드리고 있었다. 어린 소하가 자신들에게 그러는 것에 마 노인은 떨떠름한 표정을 지었다.

"제 쪽에서 부탁드려야 하는 일인데."

모두가 말을 잇지 않았다.

혈천옥의 밤은 고요하다.

그리고 어둠이 몰려들면, 어디선가 스며든 달빛이 허공에 빛무리지며 아름다운 윤무(輪舞)를 그리곤 했다.

소하는 그런 빛 아래에서 조용히 땅에 이마를 댄 채 입을 열었다.

"다시는 소중한 사람들을 잃고 싶지 않아요."

어린아이가 할 말은 아니다. 마 노인은 그리 생각했지만 굳이 입 밖으로 꺼내지는 않았다.

소하가 어떤 기분으로 그런 말을 하는지 알았기 때문이었다.

"무공을… 가르쳐 주세요."

척 노인의 입가에 희미한 웃음이 맺혔다. 그의 눈은 현 노인을 바라보고 있었고, 그 역시 작게 고개를 끄덕여 보였다.

"좋다."

"누구 멋대로 네가 좋대! 내 굉천도법이……!"

"천영군림보!"

두 노인이 득달같이 끼어드는 것에 척 노인은 인상을 쓸 뿐이었다. 해골 같은 얼굴에 그늘이 지자 구 노인은 놀라 움찔거리며 마 노인의 뒤에 숨었다.

"그렇게 보챌 필요 없다. 어차피……."

그의 눈이 소하를 향했다. 엎드렸다가 고개를 드는 소하의 모습. 소하 역시 상황을 잘 이해하지 못해 궁금하단 표정을 짓고 있었다.

"저 꼬마에겐 아주 좋은 일이 된 거니까."

"네……?"

소하는 무슨 일인지 묻고 싶었다. 하지만 현 노인과 척 노인은 자기들끼리만 알겠다는 웃음을 깊게 베어문 채 대답하지 않았다.

"뭐, 뭐야."

"응?"

마 노인과 구 노인 역시 영문을 몰라 멍한 표정을 짓고 있을 뿐이었다.

* * *

"오랜만이로군."

성중결은 눈을 감은 채로 그리 중얼거렸다.

이곳은 시천월교의 대연전(大宴殿)이라 불리는 곳이었다. 이전부터 성대한 연회를 열 때나 그만한 가치를 지닌 모임에 사용하던 장소. 모여 있는 네 명의 눈은 의문스레 성중결을 향해 있었다.

"그럼 묻죠."

다리를 꼰 채로 앉아 있던 미리하는 요염한 입술을 벌리며 말을 꺼냈다.
"우리를 소집한 이유는 뭐죠? 만검천주."
그곳에는 흉흉한 기운들이 감돌고 있었다.
오대천주의 소집. 평소 대리인을 보내 해결하던 자들에게도 성중결은 반드시 본인의 참석을 요구했다. 그렇지 않는다면 월교에 대한 반역으로 취급하겠다는 협박까지 곁들여서 말이다. 평소 성중결의 방식이 아니었기에 다들 무거운 몸을 움직여 이곳에 자리해 있었다.
"한판 붙는 거라면 환영이지만."
철은천주 아회광의 목소리에도 성중결은 반응하지 않았다.
"냉옥천주."
성중결의 목소리에 미리하의 몸이 슬쩍 꿈틀거렸다. 그의 몸에서 풍겨 나오는 막대한 기운을 눈치챘기 때문이었다.
"정말로 내가 오대천주를 소집한 이유를 모른다는 것인가? 아니면, 그 의도를 확인하고 싶은 것인가?"
'살기가 배어 있군.'
미리하는 헛웃음이 나올 정도였다. 만검천주는 이전 시천마의 무림정복 이후 거의 처음으로 온몸에 여덟 개의 칼을 차고 나온 뒤였다.
만검천주의 절기인 팔엽(八葉).
그것은 마치 이곳에서 큰 싸움이 일어나기라도 할 듯한 기운을 더욱 고조시키고 있었다.

"굳이 말하자면 후자에 가깝겠군요."

미리하의 답에 성중결은 눈을 옆으로 돌렸다.

"평소 회동에 참가하지 않던 대원천주(擡院天柱)와 사독천주(娑毒天柱)도 그러한 생각인가?"

그것에 의자가 움직였다. 살이 찐 목을 흔드는 모습. 통통한 배가 옷 너머까지 튀어나오고, 두꺼운 손가락으로 기름진 고기 산적을 잡아 입에 집어넣고 있던 남자가 입을 우물거리며 미소를 지었다.

이 자가 바로 대원천주 비위(秘緯). 평소라면 만찬을 즐기느라 천주전에서 나오지 않았을 이였다.

"너무 그런 말 말게. 만검천주. 이렇게 왔지 않은가."

"그래, 우리들은… 시천마를 따르니."

큭큭거리는 목소리. 그의 옆에 앉은 작고 비쩍 마른 이가 사독천주 염홍인(殮訌吝)이었다. 두 천주들은 모두 은둔 생활을 하던 이들인지라 다른 천주들도 이들을 본 지는 꽤나 오랜 시간이 지난 터였다.

"더 비대해진 거 아냐? 대원천주. 그러다간 빨리 죽을 텐데."

미리하의 목소리에 비위는 크하하 웃음을 지었다.

"맛있는 것을 먹고, 즐겁게 삶을 지낸다면 빨리 죽는 것도 감수할 만하지!"

"침이나 튀기지 마라. 더러운 놈."

염홍인의 목소리에 비위는 기름기가 잔뜩 낀 입술을 비틀어 웃음을 지을 뿐이었다.

"뭐, 대충 다들 만검천주가 우릴 부른 의도는 다 알고 있는 것 아닌가?"

비위의 목소리에 모두의 눈이 돌아갔다.

성중결은 여전히 눈을 감은 채로 말을 이었다.

"소교주에 대한 반역은 죽음으로 갚아야 할 일이다."

"이거 솔직하군!"

아회광이 웃음을 짓자 성중결은 눈을 떴다.

그 순간.

주변의 대기가 모두 얼어붙는다.

"이봐, 진짜로?"

놀라 고기산적을 떨어뜨린 비위가 묻자, 성중결의 온몸에서 노란 기운이 피어오르기 시작했다. 그의 내공이 반응해 체외로 분출되고 있는 것이다.

"너희는 한 가지를 잊고 있는 것 같군."

성중결의 앞에 있던 찻잔이 덜걱덜걱 소리를 내며 떨린다. 그것은 마치 살아 있는 것처럼 흐느적거리면서 공중으로 떠오르고 있었다.

염홍인은 침을 꿀꺽 삼켰다. 오대천주라고 해도, 가장 시천마에 근접했다는 이가 바로 만검천주 성중결이었다.

그가 있기에 아직까지 혁월련이 살아 있는 것이나 마찬가지란 소리다.

"같은 천주라고 해서 수준마저 같으리라 생각하지 마라."

'더 강해졌어…….'

미리하 역시 당황할 수밖에 없었다. 기운만으로도 알 수 있었다. 고수에 달할수록 싸움을 재는 기량은 높아질 수밖에 없는데, 미리하의 눈에 비친 것은 대략 수십 합 만에 여기 있는 네 명이 피를 뿜으며 쓰러지는 광경이었다.

아회광은 씩 웃으며 주먹을 쥐고 있었다.

"붙는다면 바라는 바다."

"철은천주, 자제해."

비위는 떨어진 고기 산적을 집어 입으로 넣은 뒤, 그것을 우물거리며 말을 이었다.

"이봐, 만검천주. 자네의 뜻은 이해해. 하지만 이대로는… 월교에 희망이 없어."

"오히려 자네에게 묻고 싶었지."

염홍인의 눈 역시 번득이고 있었다. 그들 역시 월교 제일의 고수. 성중결의 기운이 강하다 해도 잘 받아넘기고 있었다.

"시천무검은 사라진 거로군?"

"……."

성중결은 답하지 않았다. 하지만 모두의 눈가에는 웃음이 떠오를 수밖에 없었다.

"애초에 자네에게 묻고 싶어. 어째서 그런 상황에서까지 소교주를 따르지? 힘이 없는 시천월교의 교주는… 꼭두각시가 될 수밖에 없어."

염홍인의 말에 성중결은 당장 그의 목을 베어버리고 싶다는 생각이 들었지만, 그 순간 네 천주와 성중결의 싸움이 시작될 것이다.

"내가 바라는 것은 모두의 충성. 그것뿐이다."

"그건 당연한 일이야. 모두 그렇겠지?"

비위의 눈에 모두 고개를 끄덕여 보였다. 성중결은 차디차게 말을 이었다.

"그렇다면 이후."

그의 눈.

흉험한 기운이 가득 담긴 눈에서 기광이 쏟아져 나왔다.

"즉결처분마저도 감수하도록 하겠다."

'이것 봐라.'

염홍인은 턱을 쓰다듬었다. 결국 성중결은 모두에게 협박을 한 것이나 마찬가지였다. 더 이상 소교주에게 등을 돌린다면 가차 없이 베겠다고 말이다.

결국 그런 식으로 회동은 끝났다.

"만검천주는 너무 고지식하군."

"항상 그랬지."

비위의 목소리에 염홍인이 맞장구를 쳤다. 그는 원래 시천마를 동경해 이곳에 들어온 자였고, 시천마가 사라진 지금까지도 그에게 충절을 다하고 있었다.

"뭐… 그렇다 해도 상관없지."

미리하의 눈이 옆으로 향했다. 성중결이 떠나간 뒤, 비위는 여유로운 표정으로 웃고 있었다.

"이미 월교는 기반을 잃었으니까."

'내통하는 건 이놈들이군.'

미리하의 눈가가 일그러졌다. 비위와 염홍인의 눈. 그들이 뭔가 꿍꿍이가 있다는 사실은 분명했다. 하지만 그걸 밝혀낸다고 해서 무언가가 바뀌지는 않을 것이다.

'예전과는 다른 세상이 되어버렸어.'

그녀는 조용히 허공을 쳐다볼 뿐이었다.

*　　　*　　　*

다음 날. 아침이 되자 소하는 부스스 일어나며 눈을 비볐다. 별로 잠을 잔 것 같지 않음에도 몸은 날아갈 듯 개운했다.

'환열심환 덕일까.'

운기조식을 시작하니 조금 더 몸을 움직이기가 원활해진 느낌이 들었다.

소하는 아침이 되자 일단 밖으로 나섰다. 노인들이 마실 물과 벽곡단을 조금 챙겨놓기 위해서였다.

그러나 밖으로 나간 소하는 보이는 광경에 눈을 크게 뜰 수밖에 없었다.

"꽤나 빨리 일어났구나."

네 노인은 소하를 기다리고 있었다.

앉아 있는 그들의 모습에 소하는 냉큼 앞으로 달려가 그들의 앞에 도착했고, 척 노인은 단박에 입을 열었다.

"어제 말한 마음은 변하지 않았겠지?"

"무공을 가르쳐주세요."

자신이 말한 것이다.

"네!"

소하의 답에 척 노인은 고개를 끄덕인 뒤 앞에 앉으라고 말했다.

"일단은 과거 이야기를 좀 해야겠군."

척 노인은 수염이 난 턱을 쓰다듬으며 이야기를 시작했다.

"우리가 천하오절인 것은 알고 있겠지?"

"네, 다른 한 분은 시천마……."

"그놈 이름은 꺼내지 마라!"

그것에 소하는 찔끔 입을 다물 수밖에 없었다. 소리를 지른 척 노인은 사나운 표정을 짓다 이내 후우 하고 길게 한숨을 내뱉었다.

"뭐, 그렇다. 그 작자는 마교(魔敎)라 일컬어지던 시천월교의 무인이었고, 이후 시천월교가 침공을 시작할 때 본색을 드러냈지."

"진짜 셌어!"

구 노인의 답에 마 노인도 꺼림칙한 표정을 지었다.

"그래. 그 작자는 존재하지 말았어야 했어. 너무나도 지독하게 강했지."

평소 자존심이 하늘을 찌르던 마 노인이 그리 말할 정도다.

혁무원의 힘이 얼마나 대단했는지는 상상조차 할 수 없었다.

"그래서 무림은 굴복했고, 우리는 모두 시천월교의 지배를 받게 된 것이다."

"할아버지들도 강했다면서요?"

마 노인이 불퉁스레 되받았다.

"야, 일인자가 있으면 이인자는 산더미처럼 있는 법이야."

"기분이 더럽지만 동의할 수밖에 없군. 흘흘."

척 노인마저도 허탈하게 웃는 모습이었다. 그들은 모두 이인자였다. 천하제일이란 그림자에 가려져 이 혈천옥에 갇히고 말았다.

"그래서 여기 갇혀 계신 거네요."

"이 꼬마 놈은 왜 이렇게 맞는 말을 하는데 열이 받지?"

"뭐, 사실 아니겠나. 우리도 시천마 그 작자를 이기지 못했으니."

현 노인의 말에 다들 한숨을 푹 내쉬고 있었다. 그들 모두가 혁무원에게 패한 뒤 이곳에 붙잡혀 온 꼴이었기 때문이었다. 마 노인은 소하의 말을 부정할 수 없다는 게 분한 듯, 주먹을 부르르 떨며 중얼거렸다.

"결국 이인자들은 절대로 일인자를 이기지 못했다는 이야기지."

"하지만 말이야."

척 노인의 은근한 목소리에 다들 미소를 지었다.

심지어 현 노인마저도 웃고 있는 것에 소하는 당황해 눈을 크게 떴다. 네 노인은 모두 기묘한 기운이 서린 눈으로 소하를 바라보고 있었다.

"뭐, 뭐예요?"

"시천마 그 놈을 엿먹일 수도 있을 거야."

마 노인의 입에서 흐흐 하는 소리가 흘러나오기 시작했다.

"만약……."

모두의 웃음소리가 들린다. 흉험한 기운을 느낀 소하의 얼굴이 새파랗게 질렸지만, 네 노인은 거기서 멈추지 않았다.

"그런 이인자들의 무공을 한데로 모은다면 어떨까?"

"네……?"

척 노인의 입가에서 비릿한 웃음이 흘러나왔다.

이것이 바로 척 노인이 소하에게 천양진기를 가르쳐주는 대가로 제시한 조건이었다.

척 노인만이 자신의 내공심법을 가르쳐주는 게 아니다.

그는 세 노인에게 각자의 절기들을 하나씩 소하에게 가르쳐 보는 것이 어떠냐고 제안했었던 것이다. 처음에는 다들 꺼림칙해 했지만, 이내 소하의 마음을 알게 되고나서부터는 흔쾌히 수락을 했다.

"정말 재미있겠지. 안 그러냐?"

네 노인의 무공을 배운다?

소하는 입을 쩍 벌릴 뿐이었다.

"우리가 가장 자신 있는 절기들을 전수해 주마. 백로검은 검법, 굉천도는 도법, 십이능파는 경신법(輕身法). 그리고 나는 내공심법.”

그 이외에도 여럿 있겠지만, 하고 말을 덧붙인 뒤 클클 웃음을 흘린 척 노인은 이내 소하의 새파랗게 질린 표정을 보는 게 정말 즐겁다는 듯 뺨을 실룩였다.

“자, 잠깐만요!”

“이미 무르기엔 너무 늦었다. 강제로라도 머리에 쑤셔 넣어줄 테니. 그냥 포기하고 배워.”

“모처럼 척 영감의 말이 흥겹게 들리는군. 아주 마음에 드는 방식이야.”

마 노인과 척 노인이 무시무시한 안광을 흘리며 흐흐 웃음을 뱉자, 소하는 살려달라는 듯 급하게 현 노인을 바라보았다.

“나도 고민했지만… 정말로 매력적인 제안이었단다.”

현 노인도 재미있어 죽겠다는 표정을 짓고 있을 뿐이었다.

“나, 사부가 되는 건가?”

구 노인의 말에 현 노인은 허허 웃으며 수염을 쓰다듬을 뿐이었다.

“이제부터 아주 즐겁게, 즐겁게 무공을 가르쳐 주마.”

“절대 잊지 못할 나날들이 될 게야.”

척 노인과 마 노인의 음산한 목소리에 소하는 부르르 몸을 떨었다. 이런 말을 할 줄이야!

그러나 잠시 뒤, 소하는 넙죽 앞에 엎드렸다.

“잉?”

마 노인이 궁금하단 표정을 짓자, 소하는 냉큼 입을 열었다.

"저기… 형한테 들었었는데, 스승을 모시면 절을 해야 한다고……."

"구배(九拜)? 카하하하하! 꼬마 놈이 제법 예의도 있고, 강단도 있군!"

척 노인의 파안대소(破顔大笑)에 다들 놀란 표정을 지을 뿐이었다. 설마 이 음침한 자가 이렇게 웃어댈 줄은 몰랐기 때문이었다.

"두렵지 않느냐?"

"이미 결정했는걸요."

소하는 고개를 들어 네 명을 바라보고 있었다. 그 눈에 어린 것은 이전처럼 두렵고 망설이는 기색이 아니었다.

"열심히 하겠습니다."

소하의 말에 현 노인은 웃어 보일 뿐이었고, 마 노인은 부끄러워진 듯 칫 소리를 내며 고개를 돌렸다.

"나중에 울면서 그만두겠다고 해도 소용없다."

척 노인은 소하를 보며 천천히 입을 열었다.

"네 명한테 일일이 절해댈 필요는 없다. 계수배(稽首拜)만 충실하게 지켜라. 손을 포개고, 엎드려서."

소하가 그렇게 하자, 척 노인은 큼 소리를 내며 목울대를 울렸다. 다른 노인들도 만면에 웃음을 짓고 있었다.

"천하오절의 네 명이 한 놈에게 무공을 전수할 생각을 하다니, 전 무림이 놀라 자빠질 일일 거다."

"소하 동자야."

현 노인은 절을 하며 고개를 들어 올리는 소하에게, 빙긋 미소를 지었다.

그 순간 네 명의 몸에서 웅혼(雄渾)한 기운이 뿜어져 나오기 시작했다.

천하오절의 네 명이, 진정으로 자신이 가진 힘을 드러내 보이는 것이다. 아주 작은 편린(片鱗)이었지만, 소하에게는 숨이 멎을 것만 같은 고통을 선사해 주고 있었다.

머리칼이 흔들린다. 착각이 아니었다.

혈천옥 전체의 대기가 네 노인에 의해 흔들리고 있었던 것이다.

"네가 바라는 것은 아름답다. 활인(活人)이자 경세(敬世). 우리 역시 놓치고 있었으며… 바라는 것이었지."

목소리가 혈천옥을 울린다. 그가 말하는 건 아주 간단하면서도 누구나 쉽게는 이루지 못하는 것이다.

"그 마음을 기억하거라."

소중한 이를 지키기 위해 검을 휘두르는 의(義).

자신이 정한 신념을 지켜나가는 협(俠).

그것이야말로 무림을 살아가는, 세상을 살아가는 모두가 기억해야만 할 것이었다.

"솔직하게 말해 네가 그걸 얼마나 해낼지는 모르는 일이지만, 뭐 일단 심심풀이다."

마 노인의 중얼거림에 소하는 입을 꾹 다물 뿐이었다.

"네게 힘을 주마."

모두의 입가에 웃음이 걸린다. 그들은 고개를 끄덕이며 소하를 바라보고 있었다.

가슴이 절로 떨려오는 일이었다. 소하는 주먹을 굳세게 쥐며, 온 힘을 다해 외쳤다.

"네!"

"자, 그럼 먼저……."

당당하게 몸을 일으키는 척 노인의 모습.

소하의 눈이 기대로 차올랐다. 이제부터 뭘 시작하는 것일까?

"밥을 먹자."

"그래. 아이고, 배고파라."

"……."

소하는 흩어지는 노인들을 보며 멍한 표정을 지을 수밖에 없었다.

『광풍제월』 2권에 계속…

글삶 장편 소설
FUSION FANTASTIC STORY
세상을 다 가져라